황미희 수필집

그림자는 없어도

한누리미디어

내 삶의 흔적

처음에는 문학이 그저 좋아 뭔지도 모른 채 뛰어 들었고, 마냥 책이 좋고 글 쓰는 것이 좋아서 틈틈이 쓰다 보니 우연찮게 몇 년 전 등단과 함께 여기 저기 글을 발표하게 되었다. 그러면서 내가 쓴 수필을 통해 삶을 돌아보는 기회가 되어 나를 다듬고 내면의 세계를 확대시키는 그런 계기로 삼았다.

그런 생각으로 틈틈이 써 놓았던 글이 평자들의 눈에 문학적인 것이 되거나 말거나 나로서는 중요한 내 삶의 한 부분이라고 생각했고, 또한 인간 내면에 도사리고 있는 근원을 찾아 헤매다가 머문 내 삶의 흔적이라고 생각하여 이렇게 한 권의 책으로 묶게 되었다.

한편 떨리기도 하고 부끄러운 것은 내 알몸을 내보이는 그런 기분이 들기 때문이다. 그러나 첫 수필집을 내놓기까지에는 상당한 용기가 필요했고, 그 용기를 심어준 것은 소설가이자 국제 PEN 한국본부 이사인 김건중 선생님의 도움이 컸기에 이 자리를 빌어 감사의 말씀을 올린다.

"고맙습니다. 글 이전에 늘 말씀하신 인간이 되기 위한 노력 게을리 하지 않겠습니다."

2000년 7월 하순

저자 황 미 희

황미희 수필집 / 그림자는 없어도

차례

차 례

전화 한 통

아침 햇살이 곱다.

오늘은 직업인을 떠나 주부의 날로 정해 놓은 매월 마지막 주 화요일이다. 세 아이 모두 등교시킨 뒤 여유로운 시간이 내 마음을 넉넉하게 만든다. 베란다 창문을 활짝 열어 놓는다. 가을 햇살이 와르르 달려와 내 발등에 쏟아진다. 첫 새벽 이슬을 먹고 힘차게 솟아오른 태양이 눈부시다. 햇귀 같은 님이 오시려나 다소곳하게 피어난 목화 화분에 애기구름이 졸고 있다. 아가의 볼을 만지듯 하얀 솜을 만져보니 서너 개의 씨앗이 배부르게 들어 있다.

청명한 가을날 목화솜을 보니 유년 시절이 떠오른다. 목화밭을 지날 때마다 그냥 지나간 적이 없었다. 솔방울만한 열매가 눈에 띄면 따먹기 일쑤였다. 달착지근한 연한 솜 맛을 잊을 수 없다. 지금 그 맛의 느낌으로 보며 목화 솜을 펼쳐본다.

큰 아이가 목화 꽃과 솜을 보고 싶다기에 씨앗을 구해 심었던 것이 이렇게 잘 피어날 줄 전혀 몰랐었다. 씨앗부터 관찰까지 한 두 딸아이가 문익점을 이야기한다. 붓 뚜껑 하면 씨앗이 생각난다며 가을 햇살처럼 웃는 그 모습이 아른거린다.

병풍처럼 둘러싼 검단산 끄트머리에 인정 하나쯤 내어주는 매화마을 사람마다 살찌워 가는지 뒹구는 웃음소리가 날 유혹한다. 10층에서 내려다보니 잎 떨군 포플러 나뭇가지는 우산살처럼 미풍에 흔들린다. 그 옆 테니스장 안에서 기초를 배우는 주부의 몸짓에 햇살이 힘차게 그녀의 가슴으로 파고드는 것 같다. 그런 풍경에 잠시 함몰된 나는 빗자루를 잡고 있는 게 아닌가. 그녀가 공을 헛 치자 나 역시 바람 빠진 풍선처럼 힘만 빠지고 말았다.

마을 뒷산에는 청사초롱 불 밝혀 놓고 날 불러낸다. 다홍치마 갈아입고 정열로 다가선 가을 들녘 수수처럼 어머니의 진한 사랑과 지혜를 닮아가는 세 아이에게 내 몫으로 남아 있다. 어머니의 가을날처럼 지금의 가을은 갈무리하듯 자꾸만 사랑이 더해만 간다. 그 사랑 키워갈 나에게도 오늘이 있어 더더욱 좋다.

한참을 명상에 잠긴 듯한 오전을 넘어 턱걸이를 하고 있는 시간이었다. 아뿔싸 이게 웬일인가? 집안은 엉망인데 작은 아이가 한 시간 후면 돌아오는데 하면서 분주하게 움직이며 치우고 슈퍼에서 배달을 시켰다. 오늘을 위한 주부의 엄마 몫을 다 하고 싶었다. 지지고 볶고 나니 아이들이 돌아왔다.

식탁에 모처럼 잘 차려진 저녁식사가 풍요로워 내 마음도 행복하다. 아이들이 오늘을 기다리는 것도 손수 차려 먹던 때와는 다르기 때문일 것이다. 모두들 TV 앞에 앉아 있을 때, 전화벨이 울렸다. 전화기를 귀에 대자 숨가쁜 소리로 날 기억하냐고 밑도 끝도 없이 묻는다. 처음 듣는 목소리였다.

하지만 상대는 나를 잘 알고 말했던 것이다. 나로서는 기억이 전혀 없다고 하자 자초지종을 설명해 준다.

희미하게 비추는 불빛처럼 옛 기억과 추억이 막 피어난 코스모스처럼 정신이 흔들렸다. 그 사람은 20년 동안 날 찾았다며 이제 목소리를 들으니 떨린단다. 그 순간 스쳐 지나가는 것은 어떻게 전화번호를 알았는지 궁금하기만 했다. 반갑다기보다 언짢은 기분이었기에 수화기를 내려놓고 홍성에 홀로 살고 있는 어머니께 전화를 걸었다. 기다렸다는 듯 어머니는 내 목소리를 듣자 마자 "얘, 에미야 내가 그만 실수를 했구나! 이를 어쩌면 좋을지 몰라 이렇게 심장 뛰는 소리를 안고 있는 에미를 용서해 달라"는 애원 아니, 고갈 된 목소리, 내 가슴을 도려내는 듯했다.

마음을 안정시켜가며 어머니께 들은 이야기는 30분 전 동회라며 둘째딸 주민등록증 때문에 직접 통화가 가능한 전화번호를 가르쳐 달라며 다급했다는 남자의 목소리에 어머니는 우리 둘째딸이 잘못 되면 안 되기에 선뜻 가르쳐주고 나니 정신이 번쩍 들었다는 것이다.

이미 시집 간 딸은 그곳에 없을 텐데 하면서 땅이 꺼져라 하늘이 무너져라 가슴만 쥐어가며 눈물을 흘렸다는 어머니의 실수였다. 아마도 칠순이 넘었기에 이용한 까닭으로 보아 그 남자는 첫사랑이었던 것이 분명했다. 난 괘씸한 생각이 들었다. 어떻게 그럴 수 있었을까 하면서 한편으로는 들뜬 기분이 싫지는 않았다. 그러나 연락을 하게 된다면 해외에 나가 있는 남편에게 예의가 아닌 성 싶었다. 하여 사시나무 떨 듯 고개를 저으며 전화번호를 바꾸고 어머니께 전화를 걸었다. 꾹꾹 눌러 적으라면서 설익은 핀잔을 하면서 또 전화 오면 친절하게 가르쳐 주라는 식으로 어긋대를 지르자, 이제는 안 속는다는 안도의 숨을 길게 내쉬던 어머니는 구름 뒤에 가린 햇살처럼 환하게 웃고 있는 듯했다.

모처럼 여유롭고 즐거운 휴일날이자 주부의 날, 사랑받는 아내로서 부족함이 없는 나에게도 뜻하지 않은 첫사랑이 찾아오다니 기억에 남은 타인도 목화 솜처럼 가볍게 피어나는 그리움 하나 추억 속에 있을 것이다.

잠자리에 들 무렵 친정 언니한테서 전화가 걸려왔다. 이미 어머니와 통화를 하고 네게 한 것이다. 언니는 찾아주는 님도 없는데 20년이 지난 사람이 찾아주니 넌 행복하지만 첫사랑이었던 그 남자의 기다림과 그리움은 한 차례 소나기 퍼붓듯이 황당했을 것이란다.

내일부터는 없던 일로 생각하면서 열심히 직장에 근무해야겠다. 넓은 창문에 가로지르는 자동차의 불빛은 미련없이 선을 긋고 지나간다. 보이지는 않아도 마음은 하나라던 남편의 말이 부평초처럼 떠오른다. 지난날을 우산처럼 펼쳤다가 접은 이 기분, 환생의 날개를 접고 잠자리에 들어야겠다. 해외에 있는 남편에게 미안한 느낌이 들지만 둥지를 떠난 까치처럼 마음을 비우며 살아야겠다.

어머니의 실수로 옛 기억과 빛바랜 추억 한 움큼 받았던 그 순간이 지나고 나니 아쉬움도 없지 않아 조금은 있다. 그 남자의 연락처를 태워 버렸지만 마음 한 구석은 웬지 섭한 느낌이 자리했다.

하지만 내 가정을 위해 영원히 변치 않을 아내의 자리, 엄마의 몫을 다 하며 사랑하리라. 백열등 갓이 불빛을 감싸듯 가정의 텃밭을 알차게 일구며 살아가야겠다는 생각을 다시 한 번 가슴에 깊이 새겼다.

빈 도시락과 진달래꽃

참사랑 어린이집. 내가 살고 있는 매화마을 단지 내에 있다. 따뜻한 오월의 봄날 8시 20분이면 어김없이 노란색 봉고차가 15동 앞에 도착한다. 차 안에는 초롱초롱 빛나는 아이들이 제비처럼 재잘거리며 앉아 있다. 늦둥이 성길이를 차에 태워 보내고 직장으로 향하는 내 발걸음이 가볍다. 성길이는 종일반이라 오후 7시쯤 나의 삶터인 미용실로 돌아온다. 오늘따라 나의 공간은 화사한 분위기로 시작된다.

가벼운 옷차림에 산뜻하게 컷트한 원희엄마의 모습이며, 결혼식장에 간다며, 허연 목덜미 드러낸 원희엄마의 올림머리는 목련꽃처럼 아름답다. 복고풍 퍼머를 한 송이엄마는 부분염색까지 했기에 마치 봄동산을 일궈 놓은 듯하게 보였다. 아마도 그녀들은 일상을 즐겁게 보낼 것이다.

그렇다. 봄은 만물의 소생이라고 하지 않던가. 자신의 모습을 가꾸는 여성들의 계절이 틀림없다. 햇살은 여인네의 웃음까지 밝게 닦아놓는다. 애잔한 봄바람이 밀회를 즐긴다. 미용실은 2층이라 창문을 열고 밖을 보면 보로 위로 종종 걸어가는 여인들마다 '꽃따러 갈까' 라며 엷은 미소 한 점만 남기고 멀어져 간다. 오고 가는 인꽃이 더 눈부신 봄날이다. 그렇게 한참을 넋 놓고 바라보면서 내 나름대로 환상의 날개를 펼칠 때 전화벨 소리가 들려 수화기를 들자 끊어지고 말았다. 거울을 봤다. 어지러웠다. 어둠 속을 헤매이는 내 모습이었다. 양과 응달의 차이였다. 술을 한 모금도 마시지 못하는데 취한 듯한 느낌이었고 간밤에 울던 산새소리가 들려 오는 듯했다.

이것이 환상이었을까? 눈을 감고 앉아 있었다. 술에 익은 마음처럼 마지막 노을빛이 내 어깨 위로 쏟아놓고 이내 꼬리를 감추었다. 눈을 떠보니 봄바람이 등마루를 타고 있었기 때문이다.

또닥또닥 다급한 발자국 소리가 들려오더니 초우엄마가 문을 밀고 들어서자마자 파마를 하겠단다. 퇴근을 하고 오는 길이라며 서둔다.

분홍색 롯드로 정갈하게 말아 놓고 보니 떡볶이같다며 여유있게 웃는다. 초우엄마는 녹차를 마시겠다며 주전자에 물을 붓고 집으로 전화를 건다.

좀 늦을 것 같으니 아이와 저녁을 먼저 먹으라는 남편과의 통화였다. 앞머리만 자르겠다는 아랑이 엄마가 잡지책을 넘기면서 '나도 첫사랑만 실패 안 했으면 지금 쯤 며느리를 봤을 텐데' 라면서 한숨만 길게 내쉰다.

지나간 장밋빛 첫사랑을 안개 속에서 찾는 듯한 아랑이 엄마, 이제 중 3이 큰 아이라며 초우엄마와 속내를 열어 놓는다. 그렇다. 어느 누구나 처녀 총각때 장밋빛 사랑이었다고 누누이 들었다. 미용일을 하다 보면 하루에도 몇번씩 내 이야기를 하는 것처럼 들린다. 나는 그럴 때마다 애꿎은 거울만 닦는다. 지나간 과거는 돌아오지 않는다. 장밋빛이 제 아무리 곱다 해도 현재 반백의 머리가 좋다던 대철이 할머니 말이 아침 햇살처럼 떠오른다.

이렇듯 내실의 웃음소리는 살갑게 느껴졌고 나의 손길은 쉴새없이 이어졌다. 아름다운 미를 창조하고 추구하는 자의 몫으로 최선을 다할 때가 가장 아름답게 느껴지는 나의 천직이기 때문이다.

성길이가 문을 박차고 들어왔다. 다른 날과는 사뭇 달랐다. 내실의 웃음은 거품처럼 삭아들고 마무리 순서만 기다리는 손님들도 아이만 바라본다. 성길이는 얼굴빛이 감알처럼 붉어졌고 눈에는 눈물이 가득 고인 채 가방을 내리면서 '다녀왔습니다' 하더니 섧게 울기만 한다.

왜 그러냐고 다가가 보듬어 주었지만 냉정히 뿌리치며 두 손으로 얼굴을 가린 채, '엄마 미워 정말로 엄마가 미워' 한다 그 말에 내 설움인양 코끝이 찡했다. 한참을 울고 내게 다가오더니,

"엄마 오늘이 소풍가는 날인데 나만 책가방과 빈 도시락을 들고 갔잖아."

"뭐라고, 오늘이 소풍날이었다고?"

나는 할 말을 잊었다. 손에 든 가위와 빗이 손에서 스스르 떨어졌다.

아이가 나의 도구를 거울 앞에 올려 놓는다. 옛말에 똥싼 놈이 방귀 뀐 놈한테 성낸다더니 바로 내가 그 격이다. 사유를 다그쳐 물었다.

"점심은 어떻게 먹었니?" 하고 묻는 내 얼굴에도 눈물이 흘렀는지 성길이가 휴지로 닦아준다. 그 손길이 더 안쓰러웠다. "성길아 미안해 다음부턴 잊지 않을게" 하자 엄마랑 약

속하자며 손도장 찍고 가슴에 손을 대고 나선, 편하게 웃는다. 나의 눈물도 말랐다. 손님들도 치맛자락으로 눈물을 찍어 낸다. 성길이 웃음이 촛불처럼 환했다. 그 모습을 잊을 수는 없을 것이다.

성길이가 손을 내민다. 동전을 달라는 것이다. 돈을 받아들고 슈퍼로 달려가는 아이를 바라보며 오늘은 일찍 퇴근해야겠다고 생각한다.

남아 있던 손님들 머리를 서둘러 마무리하고 집으로 돌아오면서 아이의 손을 꼭 잡았다.

오늘따라 별빛이 아이의 눈빛만큼 아름답다. 놀이터 정자나무 위에 달빛이 쏟아졌다. 버거운 나의 어깨 위로 스치는 바람과 함께 달려온 달빛이 나의 실수를 잊게 해준다. 문득친정 어머니의 모습처럼 포근한 달빛이 아이의 설움까지 삭혀내는 것 같았다. 즐거움보다 설움을 담아 왔을 빈 도시락속에 진달래 꽃잎 한 장이 내 마음을 쓰리게 했다.

성길이는 엄마가 너무 미웠는데 그 꽃을 보여주고 싶어 따라왔다는 것이었다. 그렇다. 오늘 일을 일기장에라도 남겨 둘만한 일이다. 거기에 미안한 느낌을 적으며 충실치 못했던내 실수를 반성해 보고 싶다.

소풍가는 날마다 비가 와서 연기하다 네 번째 전화로 연락을 받았었는데 잊어 버렸던 것이다. 나의 실수가 그만 아이의 마음에 아픔만 심어준 셈이었다. 아이가 잠자리에 들었다. 나는 잠자리에 들기 전에 잠시 상상을 해봤다.

도시락을 연 순간 빈 도시락과 수업준비에 당황했을 성길이의 그 순간이 떠오르자 다시 아찔했다. 내일 준비물은 옷걸이와 스타킹 한 짝이다. 엄마의 얼굴을 만든다는 준비물을 모두 챙겨 머리맡에 두고 잠든 아이의 얼굴에 뽀뽀를 했다. 정말 아이에게 미안해서였다.

해마다 봄이면 진달래꽃을 볼 때마다 그 때 그 생각이 불끈 솟아 오른다. 지금도 그 섧게 울던 아이의 울음소리가 들리는 듯해 마음이 아프다.

이젠 눈높이에서 정성을 다해야겠다.

올해도 진달래꽃이 유난히 아름답게 핀 매화마을, 아이에게 물어본다. 2년 전 소풍날 기억이 나느냐고, 그러나 아이는 전혀 모른단다. 다행이다. 잊기를 원했던 것이 내 마음의 소망이었다.

지금은 모란 「파란나라」에 다니지만 내년에는 입학을 한다. 학생이 셋이고 보면 지금보다 더 신경이 쓰일 텐데 하고 생각을 해본다. 어찌 보면 참 기특한 녀석이다. 아빠의 사랑이 부족해도 매 주일마다 아빠와 통화하는 것으로 만족해한다. 추석 때 아빠가 오면 자동차 로봇, 자전거도 사준다고 약속했다며 기다리는 희망찬 성길이의 마음이 짐작된다. 저의 아빠를 향한 그리움 그것일 것이다.

참사랑 어린이집 소풍날, 빈 도시락에 꽃잎을 넣어와 내 마음을 다독거려 준 성길이의 마음을 생각할 때마다 나는 엄마의 마음을 자성한다.

황금반지와 목탁소리

섣달 그믐날, 몸과 마음이 무거운 날이다. 그것은 며느리로서 주어진 몫을 다하지 못하기 때문이다. 결혼한 지 15년이 되었지만 김씨 집안의 대소사가 있어도 미리 참석하지 못했던 것이었다. 직업이 미용이다 보니 남들이 즐거운 날에도 으레껏 자리를 지켜야 하므로 버거운 마음은 시간 따라 더해가고 있었다. 오후 4시가 되자 고향으로 갈 사람은 떠났는지 좀 한가했다. 그럼, 나도 가야 하는데 하면서 미안한 마음으로 시댁에 전화했다.

시어머니 말에 의하면 이번부터는 은행동 고모네서 보내기로 했으니 내일 만나자는 것이다. 그 말을 듣는 순간 마음의 여유가 생긴다. 시댁이 군포라 안 가도 되니 얼마나 좋은지 내 얼굴에는 때 이른 목련꽃이 핀 듯이 활짝 웃고 있는게 아닌가. 무겁던 마음이 새털처럼 가벼웠다.

은행동 고모네로 전화를 했다. "저예요. 가봐야 하는데 손님이 있어서……. 면목이 없습니다"라고 하자 장사하는 사람이 그렇지, 하지만 올려면 5시 30분까지 오라는 말이다.

할 일이 많으냐고 염체없이 물었다. 명절일은 신도들이 다하고 있으니 와도 할 일은 없을 게다. 오려거든 아범 거와 에미 속옷 한 벌씩 가지고 왔다 가라는 말밖에 없었다. 난 집으로 전화를 했다. 아이한테 부탁했다. 속옷을 챙겨 가져왔다. 대충 미용실을 정리하면서 콜 택시를 불렀다. 시간을 맞추기 위해서였다.

문을 잠그고 허둥지둥 계단을 내려 가는데 남자 아이 둘이서 인사를 한다. 머리를 컷트하겠다며 조른다. 시간이 없다고 하자, 내 옷자락을 잡고 애원한다. 머리 못 자르면 내일 떡국 못 먹고 아빠한테 야단 맞는다면서 걱정스런 눈빛으로 내 손을 잡고 미용실로 이끈다. 어쩔 수 없었다. 내 갈 길도 바쁘지만 너희들도 소중하지 하면서 컷트를 해주었다.

큰 아이가 엉거주춤하더니 "아줌마 돈은 저녁에 아빠가 준대요." 난 아무생각없이 그래라 했지만 엄마 아빠 집에 없느냐고 물었더니 엄마는 회사일로 밤 늦게 온다고 했고 아빠는 쇼핑가서 전화로 머리 자르고 있으라는 것이었다. 그래, 섣달 그믐날에 봉사하자 하면서 가라고 했더니 형이 빙그레 웃으며 거울 앞에 놓인 메모지에다 동, 호수와 전화번호를 꾹꾹 눌러 적더니 김홍득이라는 본인 이름까지 써 놓고 뛰어 나간다. 형제는 용감했고 순수한 그 마음을 사고 싶다는 생각이 들었다. 택시가 도착했다. 고모네로 가니 5시 20분, 늦지 않았다는 생각으로 4층 계단을 오르자 기름냄새가 내 마음을 겸손하게 한다.

한편 죄 지은 사람처럼 움추려 들기도 했다. 고모는 내 아이의 둘째 고모이자 스님, 단대동사무소 옆 건물 4층 「미타사」라는 절의 주지, 연화스님이다. 문을 열고 까치발로 조심스레 들어서자, 공양주가 반갑게 맞아준다.

스님은 법당에 있으니 가지고 온 속옷을 스님께 주란다. 조용히 법당에 들어서 삼배를 하고 스님 옆에 앉았다. 많은 신도들도 지성으로 발원을 한다. 삼재풀이를 한다며 자기 이름이 불리워지면 참회를 하란다.

남편과 내 이름이 스님의 목탁소리와 함께 들려왔다. 두 손 모아 빌었다. "지금까지 살아온 만큼만 살아갈 수 있다면 더 이상 무엇을 바라겠습니까? 더도 덜도 아닙니다. 이대로 만족하며 살아 가렵니다. 있다면 타국에 있는 세 아이의 아빠 건강과 회사에서 신임받는 자로서 빛과 소금이 될 수 있도록 도와 주옵소서." 섣달 그믐날 이렇게 빌고 나니 마음이 가라앉는다.

좀 더 비우며 살아가라는 목탁소리로 들렸다. 하기사 채운 그릇에 더 채울 수 없고 빈 그릇에만 채울 수 있을 테니까 작은 그릇으로 배워 놓으리라 이렇게 삼재풀이가 끝났다. 내실로 돌아와 보니 신도들이 빈대떡 부쳐내는 솜씨가 대단했다. 며느리로서 부끄러웠다. "이제부터는 제 몫이니 좀 쉬세요" 하자 자비의 웃음인 듯 "절에서 일을 많이 하면 좋은 거에요" 하는 신도들, 난 팔을 걷어 올리고 주방으로 들어섰다. 그래. 이 자리가 내 몫이요 생각하니 너무 편했다.

어느 정도 일이 마무리 되어 갈 때쯤 스님이 나를 부른다. 옥탑으로 가잔다. 조금 전에 삼재풀이했던 옷들을 태우겠단다. 옥탑 구석에 놓인 드럼통에 불 지펴 3년동안 궂은일로 옹동그렸던 근심걱정을 소멸해 주는 스님. 한참을 태우다 보니 한여름 뙤약볕에 있는 듯했다. 주위를 보니 은행동 일대가 훤하다. 집집마다 불빛이 따뜻하게 느껴졌다.

하기사 내일이면 명절이 아닌가. 오늘은 입춘이자 그믐이고 뜨거운 불 앞에 있으니 봄은 발 밑에서 올라오고 있는 것

같았다. 시간은 9시가 넘었다. 오늘은 피곤하니 그만 집에
가고 내일 새벽에 오란다. 따뜻한 웃음으로 합장하며 만복
이 깃들기를 염원해 주는 스님의 얼굴에 자비와 지혜가 가
득 배어 있었다. 나 역시 성불 받고 집으로 돌아왔다. 그믐
날 밤 좋은 느낌으로 보냈다. 내일의 언약을 머리맡에 두고
편하게 누웠다. 새해 첫날 새벽공기를 가슴에 담고 스님 고
모네로 도착했다. 어제 마련한 음식으로 모두 챙겨 온 가족
이 아침 밥상에 둘러 앉았다.

절에서 명절을 보내니 마음이 넉넉해지는구나 하는 시부
모님들과 친지들 밥상을 치우고 세배를 했다. 아이들은 용
돈이 넉넉하니 마냥 즐거워 한다. 예불시간 10시. 많은 신도
들이 법당에 향 사르고 촛불 밝혀 마음의 도량을 닦는다.

가족친지들과 점심을 먹고 음식을 싸들고 모두들 인사하
러 가겠다며 안양 군포 부천으로 방향을 잡았다. 우리 가족
도 부천 친정으로 갔다. 1년만에 만나보는 얼굴들 모두 반가
웠다. 저녁상을 물린 후 윷놀이를 하잔다. 육남매이니 딸 셋
며느리 셋과 아들 셋 사위 셋과 편갈라 세 번으로 결정지었
다. 모두 딸과 아들이 이겼다. 막내 올케가 웃으면서 한 마
디 한다. 역시 황씨가 뭐든지 열심히 한다고…….

남편이 어머니께 용돈을 주기로 했다. 돈을 받아든 어머니
얼굴은 낮달처럼 창백했다. 다른 날과는 사뭇 달랐다. 정성
과 사랑으로 신비가 흐르던 모습인데 아마도 편치 않았던
마음인지라 돈을 나누어 주었다. 그제서야 만월 같은 웃음
이 가득 배어나고 있었다. 방에서 어머니가 조용히 나를 부
른다. 어머니 앞에 다가가 앉았다. 내 손을 잡더니, 고생이
많구나! 김서방도 없는데 세 아이 거두느라고 힘들지 하면
서 어머니는 가방 속에서 뭔가 찾는다. 싸고 싼 종이를 펼치

더니 어머니 쌍가락지를 내 약지 손가락에 끼워 주면서 "힘들 때마다 이 반지를 닦아라. 이것이 에미의 마음이란다." 난 눈물이 핑 돌았다. "많이 말랐구나!" 하면서 내 눈물까지 낙엽 같은 손등으로 닦아 주었다. 한 세상 살아가는 데는 마음이 중요하지, 인생은 고해란다.

하지만 황금반지가 내 반지인양 어쩌면 이렇게 꼭 맞는지 왜 날 주는지 어머니께 물었다. 긴 한숨 내쉬면서 이것아! 니 아버지가 저 세상으로 간 지도 어엿 14년이 되었구나! 자식이 있어도 마음이 허하더라.

이런 금붙이가 에미 마음을 채우지도 메꾸어 주지는 못하더라. 그래서 둘째 딸 마음을 보듬어 주고 싶었단다. 항상 에미 말 명심하고 그 반지를 간직할 수 있다면 고맙겠구나.

내 마음은 무거웠다. 영원히 간직하리라 다져 먹었다. 옆에 있던 나의 둘째딸 보람이가 웃으면서 '엄마도 그 반지 나에게 끼워 줄 거죠' 하는 게 아닌가 요즘 아이들 생각이 빠르다 해도 조금은 얄미웠지만 귀엽게도 보였다. 내가 어머니 나이만큼 들었을 때 내 딸에게 물려줄 수 있을까 하는 의문이 가기도 했지만 어머니의 마음을 닮아가리라.

새 천년 명절을 목탁소리 들으며 마음을 비웠는데 뜻하지 않았던 황금반지가 내 손에 끼워지리라 꿈에도 생각 못했었는데 지금 내 손가락에는 어머니의 진한 사랑으로 따뜻하게 빛나고 있다. 남편과 떨어져 있지만 곁에 있는 듯하다. 하지만 머지않아 학생이 셋, 생각만 해도 바쁘다.

청정한 목탁소리 들려오는 듯한 오후 한나절 시아버지께서 책가방 두 개를 사들고 왔다. 중학생 보람이와 초등학생 성길이 가방이다.

팔순 노인의 마음에도 진한 사랑과 정성이 듬뿍 담겨 있

다. 두 아이는 할아버지께 항상 노력하는 학생이 되겠다고
말한다.

　손주 사랑만큼이나 입가 주름살도 깊게 보였다. 건강하게
여든까지 살아온 삶을 말해 주었다. 나도 그 마음을 먼 훗날
아이들에게 보여 주어야겠다. 나는 오늘도 행복하다.

상처난 세면대

10월, 파랗게 질린 가을 하늘. 먼 길 달려온 새떼들이 아침 햇살을 쫓는다. 나의 어깨 위로 쏟아지는 햇살 가르며 출근하는 발걸음이 한결 가볍다.

이대로 어디론가 한참을 걷고 싶다는 생각이 든다. 매화마을 얕은 산자락에도 고운 빛으로 물들기 시작한다.

모든 것이 아름답게 보이는 가을날 소슬바람이 불어오더니 내 마음을 유혹한다.

남루한 추억을 꺼내 분리수거하자는 듯 허공에 잠자리떼도 비행을 즐긴다.

자꾸만 산 자락을 훑어본다. 하지만 내 삶은 내가 주인이기에 허락하지 않았다.

지난 여름날, 구곡간장 애태우던 내 삶의 고뇌를 먼저 떨구고 싶었을 것이다. 그러나 생각은 숲내를 걷고 있었지만 발걸음은 내 쉼터인 미용실 거울 앞에 앉아 있는 게 아닌가. 괜시리 외롭다는 생각으로 눈물이 핑 돈다. 이슬 같은 눈물도 핏물도 아닌 검은 마스카라 눈물이 두 볼을 적신다. 무엇이 그리도 서러웠던지 한참을 울고 나니 마음이 편하다.

눈물을 닦으며 거울 보니 어느새 내 얼굴에도 무명실 같은 주름이 화운데이션 위로 피어난 각질과 버짐으로 억새꽃을 피워 놓은 듯했다. 늘 거울 속에서 일상을 보내지만 오늘처럼 내 얼굴을 관심있게 본 것도 처음이었다. 아니 이럴 수가! 벌써 이렇게 변해가고 있는가. 하기사 중년인데…… 하면서 손톱으로 버짐과 각질을 긁었더니 억새꽃을 꺾어낸 듯 벌겋게 부어 오른다.

부모님으로부터 물려 받은 흰 피부, 여드름 한 번 난 적도 없었는데. 세월 앞에서는 장사도 막을 수가 없나 보다 라고 생각하면서 내 자신을 스스로 다독일 수밖에 없었다.

찬 바람이 불기 시작하면 피부를 잘 손질을 해야 한다는 걸 누구보다 잘 알고 누누이 들었지만 그 때 뿐이었다.

누구나 미를 창조하는 자는 피부에도 신경을 많이 쓰리라 생각한다. 하지만 내 생활로 보아 핑계 같지만 신경 쓸 시간 조차 없다. 일을 마치고 집에 와서 세 아이에게 신경쓰다 보면 자정이 훨씬 넘는다.

그 이후 내 시간이 주어진다. 그때서 저녁을 먹고 나면 온종일 피곤함이 몰려온다. 하지만 오늘부터는 못난 내 얼굴에 호강을 시켜야겠다고 예쁜 마음먹고 욕실로 들어갔다. 비누 냄새가 향기롭다. 벌써부터 예뻐질 생각이 앞지른다.

장미 향기 그리움으로 짙게 묻어나는 오월달이 내 생일이라 친구한테서 맛사지크림을 선물을 받았지만 사용한 적은 없었다. 욕실 선반 위에 처음 놓았던 그 자리 뽀얀 분 바르고 새색시처럼 앉아 있었다.

'이제부터 시작이야 열심히 가꾸자' 하면서 맛사지 크림통을 드는 순간 그만 세면대에 떨어뜨렸다. 청색 크림통은 이상이 없는데 세면대에 구멍이 났다. 깨진 조각을 주워 담다가 그만 손가락에도 상처가 났다. 손을 씻기 위해 수도꼭지를 힘있게 틀다 구멍난 세면대 물은 내 발등만 적시고 있었다. 멍하니 한참을 바라다보면서 이 얼굴에 무슨 맛사지람, 생긴 대로 살면 잘 사는 거지. 이 나이에 얼굴 곱다고 시집갈 것도 아닐 테고. 세 아이 엄마가 일을 저질렀으니 어쩌란 말인가.

일단 흐르는 물로 비누 세수를 하고 나니 개운하지만 이 애꿎은 크림통은 구석에 밀쳐 놓았다. 내일 아침부터 어떻게 사용하지 아이들이 뭐라고 말할까? 이런 저런 생각하다가 세면대 밑에서 위로 보니 보름달 같은 전등불빛으로 눈이 부셨다.

깨기 전까지는 세면대가 통째로만 알았는데 안과 밖 사이에 공간이 있었음을 이제서 알았다. 하나는 잃고 한 가지 알았지만 걱정이 앞지른다. 그러나 어떤 묘안이 서질 않아 잠자리에 들었지만 잠은 오지 않았다.

궁리 끝에 테프 생각이 났다. 신발장 위에 갈색 테프로 붙이면 우선은 쓸 수 있겠지 하면서 안과 밖을 겹겹이 붙였다. 물을 받아 보았다. 세지 않아 다행이었지만 웃음이 나왔다. 상처난 세면대 의사라는 말이 떠올랐기 때문이다. 마음이 가벼웠다.

맛사지 크림통을 열어 보지도 못하고 세면대에 상처만 내고 말았던 내 자신을 반성해 보았다. 아이들이 깼다면 큰소리, 잔소리로 야단이었을 텐데.

내일 아침, 어떻게 말할까라는 생각으로 잠이 들었다.

동물 농장에서 들려오는 꼬끼오, 음메, 나의 살던 고향은 꽃피던 산골로 이어지는 자명종 소리가 들리면 새벽 6시 30

분이다. 자리에서 일어나 욕실로 들어가니 덜 깬 잠이 달아 난다. 우리 집 세면대가 상처가 났으니 밤새 얼마나 아팠을 까. 그렇게 내 마음도 아프게 느껴졌다.

오늘 아침도 얼마나 아플까라는 생각이 들었다. 내 아이가 아팠을 때처럼. 아침밥을 하고 도시락을 두 개를 정성들여 싸는데 큰 아이 정화가 욕실에서 나를 부른다.

아니나 다를까 걱정스런 눈빛으로 날 바라보면서 묻는다.

자초지종을 말했더니 정화 역시 상처난 세면대라면서 웃 는다.

둘째 보람이도 성길이도 같은 질문이었다. 조금은 미안했 다. 하지만 세수하는 데는 지장이 없었다. 미관상 좋지 않을 뿐이지 연년생 딸이 등교한 다음 뒤 성길이 녀석이 세수한 뒤 수건으로 세면대를 박박 닦더니 테프를 덧붙인다. 엄마 나도 치료했어요 하는 게 아닌가.

엄마로서 정말로 미안했다. 하지만 며칠만 있으면 남편이 휴가차 온다니 그때 새것으로 달자고 아이에게 말하니 알았 다는 듯이 고개만 끄덕거리면서 등교 준비를 한다. 분주한 아침을 늘 이렇게 보내지만 오늘따라 남편이 기다려진다.

다른 때와는 달리 손꼽아 기다리던 날, 남편이 중국에서 일주일 휴가차 노을따라 내 일터인 미용실로 들어왔다. 반 가웠다. 미용실을 대충 정리하고 집으로 들어갔다.

저녁준비에 여념없었다. 몇 개월만에 둘러앉아 맛있게 저 녁을 먹은 후 남편이 묻는다. 세면대 간호사는 누구야! 하는 게 아닌가. 아이들이 날 가리키며 웃는다.

"여자가 찬찬하지 못하고 덜렁대니 그렇지"라고 말하는 남편이 조금은 얄밉게 보였다. 더구나 깬 사람이 끝까지 대 수술까지 하라며 건강에 해로운 담배만 피워댄다. 이제나 저제나 갈아 놓았을까 하면서 눈치만 보았지만, 오늘 아침 중국으로 떠난다는 그 한 마디가 너무 미웠다.

세면대 테프를 갈아 붙이면서 남편의 무성의에 서운했다. 천상 내가 다음 주 휴일날에는 꼭 갈아야겠다고 생각하고 잠자리에 들었다.

염주와 수행집

 17년 전 내 나이 23세였다.

 그때 나는 영등포 한 미용실에서 근무를 했었다. 퇴근시간이었다. 항상 동행하는 미스 박과 만나 늦은 시간 버스를 타려고 육교를 건너 정류장 앞에 있었다.

 초가을 밤. 하늘은 높고 푸른 별빛이 어둠 속에서 수정처럼 아름답게 빛났다. 언제나 바라보는 별이지만 오늘따라 유난히 그 빛에 유혹된다. 종일 피로감이 한 겹 풀리는 듯, 내가 별을 바라보는 방법처럼 자신이 사회에 별처럼 빛날 순 없을까 생각에 잠겼다.

 밤 11시 45분 버스가 오지 않아 멍하니 어둠만 응시한다. 지루한 시간 찬송가를 부르며 기다려도 지루했다. 잡념 끝에 불현듯 먼 훗날 신랑감 생각이 났다. 지금 어디 있으며, 어느 곳에서 무얼 하고 있을까? 별아! 너는 알고 있지 말해다오.

 난 별을 바라보며 한없이 전했다. 언젠가는 나타날 신랑감이 궁금하기도 했다. 만날 그 날이 오면 저 별에게 전해 주리라. 빛을 안고 찾아왔다고…….

그 때 침묵의 대답은 어둠 속을 가르며 버스가 오고 있었다.

늦은 시간 막차인 듯 버스 안은 한산하고 몇 사람만 피로한 듯 눈빛을 어둠 속에 깔고 있었다.

버스는 정류장 앞에 섰다. 버스를 타려는 순간, 육교 밑 원통 같은 토대 옆에서 무엇인지 빛이 났다. 무덤처럼 크게 보였다. 나는 그 순간, 한 여름밤 모닥불 피워 놓은 곳 앞에 있는 듯 화끈하게 달아오르는 얼굴. 눈길은 불꽃처럼 피어나 광채 속에 글씨가 또렷하게 보였다.

눈으로 읽고 입으로 말한 단어는 '신도수행집'이란 다섯 자의 금빛 글씨체였다. 손바닥만한 다섯자였고 그 거리는 10m의 정도였다. 어둠 속에서 불사르듯 타오르는 나의 모습은 노을 속에서 목욕을 하는 양 뜨겁게 달구어져 갔다.

커다란 사과만한 알알들이 무덤처럼 보였던 것은 '108염주'였다. 상큼한 레몬향기에 취해 버린 듯한 염주는 신도수행집 책에 감겨 있었다. 불꽃 옷을 입은 듯 뛰어가 무릎을 꿇고 두 손으로 공손히 들어 가슴에 안고 나도 모르게 '관세음보살 나무아미타불'이란 말이 거침없이 세 번이나 읊었다는 미스 박의 말이었다.

끈이 긴 핸드백은 손목에 걸려 땅에 끌리고 고개를 들어 하늘을 보았다. 별빛은 신랑감 대신 보여준 것인지, 아니면 그 물건으로 대신해 준 것이라고 자문해 보았다. 이렇게 밝은 빛과 밀알처럼 소중한 염주로 마음을 비워내기로 했다.

하늘의 빛으로 빛을 안겨준 선물로 받아들이자. 그때 미스 박이 외친다. 빨리 버스에 올라오라고……. 타오르던 불꽃은 시들어가고 가슴은 뛰며, 벅차 오르는 심장을 달래가며 버스에 오르자 미스 박이 밀쳐낸다. 가슴에 안은 물건일랑 제자리에 놓고 타라는 명령처럼 들렸다.

그것은 중들이 가지고 다니는 것이라서 절대 안 된다는 말이다. 우리는 기독교인이 아닌가. 시험에 들지 말라는 것이었다.

난 그 말에 정신이 번쩍 들어 던졌다. 그러나 그것 또한 죄아닌 죄가 될까봐 다시 주워들고 읊어대는 '관세음보살 나무아미타불……'

날 바라보는 미스 박 눈초리가 무서웠다. 그 순간 정신이 혼미해지는 걸 조금은 알 수 있었다. 똬리를 튼 뱀을 안고 있는 것처럼 오싹한 기분을……

버스 기사가 "안 타면 갑니다" 하자 별들은 숨고 내가 술래인양 빛을 찾아야 하기에 버스문을 두드려 버스에 탔다. 그 광경을 지켜보고 기다려준 기사가 고마웠다.

지금 생각하면 우는 아이 떼어놓고, 잠깐 시장 갔다 온 상황 속의 기억이었다. 지친 어깨 위로 희망 싣고 꿈을 태운 버스 안의 사람들. 빈 자리가 많았다.

어둠은 엷은 안개처럼 흩어지고 가로등 불빛 사이로 달린다. 깊은 숲 속으로 들어가는 야릇한 몽상은 일고, 기운이 없어 의자에 앉기도 전에 쓰러졌다. 환상의 여행길로 떠나버린 기절이었다. 염주와 책을 놓지 않고 평온한 잠이었단다. 하늘나라 여행, 행복한 나날이었다.

미스 박이 깨운다, 종점에 왔다고. 그곳은 철산리 주공 APT로 그곳에서 자취를 했었다. 버스에서 내려 하늘을 봤다. 기분은 하늘에 닿은 듯 가벼웠다.

버스 안에서의 환상여행은 천년의 사랑, 꽃구름 타고 하늘에서 선녀옷을 입고 있던 내가 내 모습을 기억한다. 옆에는 옥황상제라고 하는 노인이 휘황한 옷차림으로 세상을 굽어보고 있었다. 나 역시 두 손을 벌린 채 환희의 웃음을 지이었다. 주위는 아무것도 없고 구름만 몽실 몽실 피어올랐다. 그곳의 기억으로 영원히 남을 것 같다. 꿈인지 생시인지 분간하기가 미덥지 않았다.

미스 박과 자취방에 들어서자 교회의 물건을 잠시 포장해 두었다. 가슴으로 밤배의 고동소리처럼 뛰고 얼굴은 무쇠솥처럼 달구어져 갔다. 안정이 되지 않았던 그 날 밤. 그때부터 불교의 단어를 사전에서 찾아봤다. 묵직한 등마루의 느낌이 들어 돌아보면 좌정한 부처님의 모습이 보인다고 하자 미스 박은 못마땅해 이불을 얼굴까지 쓰고 잔다.

수행집 책에는 천수경, 팔정도, 축원문, 육바라밀 단어를 익혀도 이해가 안 가고 마음만 무거웠다. 내 고향 홍성에 갈 때면 수덕사를 찾았던 그 곳이 기억된다. 어머니도 공주 계룡산에 자주 다녔던 불자였다. 어머니가 백일기도 가면 막내 여동생을 내 손가락을 빨려가며 잠재웠던 기억, 지금은 가정을 꾸미며 잘 살고 있다. 기독교 신자였던 나에게 불자의 딸로 받아들였다. 염주와 책이 믿음을 바꾸는 계기가 있었다.

지금도 휴일만 되면 절을 찾는다. 마음 비우고 법당에 촛불 밝혀 참회를 한다. 탐 · 진 · 치, 알게 모르게 지은 죄가 있다면 모두 소멸하여 주옵소서. 어려운 난관 속에서 허덕일 때 부처님의 밝은 눈빛으로 비추어 따뜻한 손을 잡게 해 주소서. 바르게 보고 생각하는 팔정도의 뜻을 따르렵니다. 불법승의 제자가 되렵니다. 보시와 지계를 배우고 인욕을 버리고 정진을 할 것이며 슬기롭고 지혜로운 자 되렵니다. '관세음보살 나무아미타불'. 일상 생활에서 비일비재하는 한 사람으로 마음밭 일구는 자비스런 불자가 되겠습니다.
작은 도량으로 귀의하오니 합장을 받으소서—.

그 후 미용실 출근은 불자의 집을 찾아 일했다. 그 속에서
중매결혼도 불자의 집안의 남편이었다. 그 때 그 별빛이 등
불이 되어 내 앞에 훤히 비추어 준 남편이 아닌가 생각한다.
시댁에도 스님이 계신다. 내아의 고모. 산성동에 작은 암자
'미타사 주지 연화스님'이시다. 108염주는 법당에 올리고
수행집 책은 빛바랜 지면이지만 내 마음은 빛으로 탐욕을
버린다. 작은 정성 모아 큰 지혜 얻는 자 되리라.

지금의 내 쉼터가 그 날의 기억 속에 성실이었다. 영롱한
햇살이 아침을 열어놓는다. 해묵은 만남은 말 없이도 기쁨
을 알 듯 돌아오는 휴일에는 연화스님 뵈러 나서야겠다.

곰보와 미녀

몹시 추운 겨울날.

한 통의 전화가 걸려왔다. 그 시간은 자정이 넘었다. 먼 음성은 휴대폰 전화였다. 방향 감각을 잃었고 떨리는 목소리만 눈속을 가르는 것이 틀림없다. 이 밤에 누구인지 무척 궁금했다. 잠시 창 밖을 보니 함박눈이 온 세상을 덮고 있다. 내 마음은 따뜻한데 창문 흔드는 바람은 머물 곳이 없어 틈 사이를 후벼파고 있다. 야경의 눈빛은 나의 두 눈에 시리도록 지쳐 누운 눈꽃은 삶의 참 모습을 읽는 듯했다. 전화벨소리가 들린다. 수화기를 들자마자 대구에 사는 초등학교 영진이라는 친구였다. 이렇게 연락이 오리라 생각도 못했었다. 또렷한 영진이의 목소리는 참된 삶을 살고 있음을 목소리에서 느껴졌다.

20년만에 연락이 올 줄이야. 그것도 늦은 밤에 실례를 거두고 했다는 영진이. 웬일이냐고 묻자 내일이 13주년 기념일이라 강남 처갓집에 들렀다가 새벽에 강원도를 갈 거란다. 12년 동안 밀고 당기고 살아온 날들이 모두 아내의 힘이 컸다면서 팔불출 아닌 자랑을 하는 곰보 친구.

그렇다. 영진이는 곰보의 얼굴이다. 하지만 그의 아내는 미녀였다. 작은 키에 야무진 모습으로 보아 살림꾼이었다. 지금은 남매를 두고 제조업을 한다는 영진이. IMF 시대인데도 힘들지 않았다는 말이다. 모두 아내의 도움이 컸단다. 시부모님께 정성을, 아이들에게 사랑으로, 남편에게는 대화로써 이끌어 갔단다. 그리고 주위의 결손 가정 아이들의 엄마 노릇으로 피곤함을 잊는단다. 영진이는 아내를 보고 감사하다는 말밖에 할 수 없었다. 언제나 영진이의 목소리에 진한 삶의 향기가 아내의 사랑이 되었을 거다.

새벽녘 하늘을 바라봤는지 갈 길이 멀다며 아쉬운 전화를 끊었다. 그러니까 1월 5일이 결혼 13주년. 앞으로도 보다더 활기찬 생활을 하도록 축하해 주었지만 내 마음 한켠에서 외로움이 엄습해 온다. 그것은 내 결혼기념일도 1월 5일이 아닌가, 14주년…….

허나 현재 남편은 타국에서 고생하고 있는데 기념일 타령하는 겨울밤 내 모습이 초라하게 보인다. 철없는 여자로만 느껴졌다. 하지만 한 번도 챙겨보지 못했던 점을 늘 아쉬워했었는데……. 그때 남편은 내게 하던 말이 가슴 찡했다. 정해진 날보다 늘 이렇게 살아가는 날이 기념일이 아니냐고 했었다. 이제는 남편께 전해 주고 싶은 말이다. 올해도 건강하고 고생스럽지만 수고 좀 해주세요, 라는 말이다. 그러자 남편은 흐뭇한 표정으로 이제서 철든 아내와 살게 되어 정말 고맙단다. 내 앞에 보이지 않아도 마음은 같은 것이기에—

긴 동짓달, 밤이면 책과 벗이 되어 외로움을 덜었고, 사랑도 미움도 벗어놓고 티없이 살아가리라. 가끔 외로움을 달

래기 위해 남편께 편지를 썼던 내 일기장 속 그리움만 짙어
간다. 내 마음은 세 아이의 잠든 모습에서 행복을 알 수 있
다. 삶이 분주할 때 결코 헛됨이 없도록 노력한다. 연년생
딸이 집안일을 해주기에 그다지 피곤하지 않다.

나의 쉼터에서 집에 들어올 때면 마중 나오는 아이들. 저
녁 밥상에 또 한번 고마움을 잊지 못할 것이다. 곰보의 아내
처럼 편한 기분을 알 수 있었다.

20년 전 영진이를 놀렸던 기억이 난다. 우리들은 영진이
한테 빵집에 가서 곰보빵을 사오라고 했다. 영진이는 오이
씨 같은 치아를 더 키우며 제과점으로 들어갔다. 우리들은
그 광경을 지켜본다. 하지만 나도 따라 들어갔다. 영진이는
"아줌마 저보다 잘 생기고 맛있는 곰보빵 주세요"라는 그 말
에 주인은 참는 미소에 손길이 바쁘다. 늘 이렇게 놀려도 아
무런 불만을 안 한다. 지금 생각하면 항상 그런 마음이 미녀
를 아내로 삼은 것이다.

곰보가 정들면 보조개로 보인다는 말처럼 인정도 넉넉한
곰보네 집에 아름다운 무지개가 떠오를 것이다. 살며 사랑
하면 모든 것이 아름답게 보인다는 미녀의 말을 되새겨 본
다. 시나브로로 말이다.

2000년도에는 기다려 본다. 전화가 올 것을……. 앞으로
새 천년을 약속하는 21세기에도 곰보네 사랑은 뉴 밀레니엄
(New millennium)에의 새로운 각오로 사회의 큰 일꾼이
될 것이다. 오늘을 위해 내일을 준비하는 자세로 발돋움해
야겠다.

곰보와 미녀에게 우정처럼 사랑은 깊으니까 무궁하나 발
전을 빌어주리라. 지난날 부끄럼 한 점을 덜어내며 곰보 친
구를 닮아가리라.

떠오르는 태양, 아름다운 은빛축제에 내 마음을 비워낸다. 우수의 봄을 맞아야 할 계절 속에 봄 향기에 기지개를 켜고 살아온 날들을 되돌아 본다. 죽은 황제보다 살아 있는 거지가 났다는 말처럼……. 무엇이든지 주어진 것에 최선을 다해 부끄럼 없는 곰보의 친구가 되기를 거듭 노력하리라. 지난 과거는 아름다웠지만 미래는 노년의 철학자가 되어 내 아이들에게 말해 주고 싶다. 패인 곳에 물이 고여 있듯, 곰보의 얼굴 자욱마다 사랑과 고운 마음씨가 담겨져 있어 엄마의 친구로서 자랑할 수 있을 때 말이다.

오늘도 보람된 시간을 엮어 내 삶에 실타래 같은 인연이 되어 걸어가 보자. 언덕 너머 초록내음 짙게 묻어날 때, 절제와 청빈한 삶을 살아가고 있는 생명과 더불어 실천하는 삶이 최고의 삶이란 것을 가르쳐 줄 때마다, 나 자신을 사랑하고 타인을 사랑하는 것이라고…….

작은 공간에서 미래를 조망해 볼 때 어려움을 극복해 미래지향의 자세를 우리 모두 가져야 하지 않을까. 삶은 윤회를 거듭하듯이 정신일도 하사불성으로 주어진 임무에 최선을 다하면 부주의 행동은 없을 것이며, 말에 혼동되지 않고, 방황하지 않는 생각에 자신의 지휘관으로 다듬어 가자. 마음의 여유를 갖고 정확한 판단과 빠른 행동이 자신을 사랑하는 곰보와 미녀를 닮은 사랑을 배워 가야겠다. 포옹하는 마음으로 큰 웃음보다 미소로 대하면서……. 포근한 미더움을 느낄 수 있는 옛 추억, 촛불처럼 밝혀 주고 싶다.

어느 여인의 호기심(好奇心)

햇빛 고운 날.

박꽃처럼 새 하얀 옷을 입고 찾아온 수현이, 비닐봉지 속에서 따끈한 호떡을 꺼내 놓고 맛깔스럽게 웃는다. 주민등록을 하러 동회에 갔다가 들었다는 말이 좋았단다. "천당 밑에 분당도 천당이라 그런지 선녀" 같다는 말 한 마디에 기분이 좋았다는 수현이. 그러니까 우리들은 선녀인 셈이야. 그렇지 언니야. 혼자서 즐거움을 맘껏 느낀다.

그 기분을 살려 성남 지하상가에 볼 일이 있어 갔다가, 더좋은 일이 있었다 한다. 흰 원피스에 흰 구두, 도화지 만한 핸드백, 나비가 앉아 있는 듯한 흰 머리핀으로 동일되어 금방 선녀가 내려온 듯한 모습이 아름다웠다. 그 곳에 갔다가 호떡을 사왔단다. 호떡을 먹을 때마다 생각나는 그리움 하나 소롯이 떠오른다. 함박눈이 내리던 어느 겨울날, 친구랑 길가 모퉁이에서 먹었던 호떡. 지금도 그 맛을 잊을 수 없다.

이렇게 인정이 깃든 사람마다 고마움을 알 수 있다. 항상 미를 추구하고 창조하는 마용실에서 느끼는 일들이 아름답다. 호떡을 맛있게 먹은 후 나는 커피를 마시고 수현이는 녹차를 마신다. 수현이의 긴 소매자락에서 풀냄새가 묻어 날 것만 같았다. 다소곳이 앉은 모습이 가을날 들국화처럼, 소박한 마음으로 속내를 열어 놓는다.

그녀는 대학생 딸과 고2 아들이 있고 남편은 사업을 한다. 얼마 전부터 볼링을 다닌다는 수현이. 작년까지만 해도 가정에서 벗어날 수 없었던 주부의 생활이었단다. 이젠 허리 곱게 펴고, 거울을 보면서 가꾸어야겠다는 생각이 들었단다. 흰 원피스에 달려 있는 단추가 수정처럼 빛나 그녀의 생활에서 조금은 여유로워 보였다. 수현이는 쇼파에 앉더니 미소를 짓는다. 오늘따라 예뻐 보인다는 자신의 모습에 만족해 한다. 오늘 같은 나날이라면 살찔 것 같단다.

이곳 미용실에 오기 전 있었던 일이다. 지하상가에서 볼일을 보고 나오는데 잘 생긴 중년 남자가 다가오더니, 커피 한 잔 마실 시간을 내달라며 따라 오더란다. 수현이는 버스를 타기 위해 정류장에 기다리고 있는데 등뒤에 바짝 서서 하는 말은 첫사랑 애인과 닮아서 좋은 느낌으로 차 한 잔의 여유로움을 말하고 싶어하는데 빈 택시가 앞에 서 있길래 타고 왔단다.

참으로 세상은 요지경이라며 웃는 수현이. 넋이 나간 듯 먼 산만 바라본다. 이때 어디선가 아름다운 멜로디가 들려왔다. 그것은 수현이의 호출기였다. 내장까지 다 보이는 숫자가 찍혔다. 집에서 딸이 오라는 1004라는 암호란다.

엄마를 위안하는 딸의 마음이 예쁘다며 문을 밀고 나가는 수현이의 발걸음이 멀어졌다. 그녀가 떠난 자리에 안개가 낀 듯했다.

요즘 몇몇 주부들도 친구 같은 애인, 애인 같은 친구로 사귄다는 것이다. 내 주위의 어느 여인은 직장을 다니며 바람이 났다. 남편은 회사원이고 남매를 둔 30대 초반이다. 그러던 어느날 밤, 술에 취해 달빛마을이 떠나가도록 울고 불고 현관문을 발로 차는 소리에, 마을 주민들은 단잠을 깨웠다. 그녀는 남편과 아이 이름을 부르며 밤의 정적을 깨는 날이 다반사였다.

그 후 1년 정도 달빛마을에서 보이지 않았다. 주위 사람들의 말을 따르자면 늙은 영감하고 백화점에서 쇼핑을 하더란다. 아는 척을 해도 안하무인격으로 영감 팔장을 끼고 사람들 틈 속으로 멀어져 갔단다. 잠시 그녀의 가족을 생각했단다. 전에는 오로지 가정을 위해 알뜰살뜰히 살림을 잘 하던 가람이 엄마가 미웠다 한다. 그런 모습이 여인네의 호기심으로 생각한 직장인이었던가.

옆집에 사는 슬이 엄마는 가람이 아빠를 볼 때마다 안타까웠고 아이들의 초라한 모습에 더더욱 가슴 아파했다. 내 아이가 예쁘면 남의 아이도 예쁘다고 하지 않던가. 하지만 오늘 백화점에서 봤다고 말할 수도 없고 그렇다고 그녀의 가정을 돌봐줄 수도 없었단다. 그저 들어오기만 바랄 뿐이었다. 슬이 엄마 역시 호기심이 없지 않았다. 나만을 사랑해 주는 사람이 나타나면 저럴 수 있을까라는 의문을 되새겨 보지만, 아이들 생각에 끔찍한 일이란다. 슬이 엄마는 아이 손을 꼭 잡고 엄마의 몫을 다 해 주겠다며 보듬어 준다.

대화의 전당인 미용실에 오고 가는 사람마다 설움 반 호기심 반으로 상상을 한다. 나 역시 생각하기 힘든 시간이다. 창너머 가로등 불빛이 하나둘 살아날 때 외로움에 지쳐 달빛마을 그림자도 자취를 감추는 흐린 날이다.

오늘도 지친 내 마음을 달래기엔 벅찬 세 아이의 엄마 몫이 부족함을 알았다. 예쁘고 건강하게 자라주는 아이들을 바라볼 때 타국에 있는 남편에게 고마움을 느낀다. 두 아이만 있으면 선녀가 되어 하늘에 올라갔을 텐데 세 아이라 믿는 남편이다. 서로 신뢰할 수 있어 믿으며 살아간다.

퇴근 시간. 달빛마을 11동에 사는 선미 아빠가 술에 취해 들어와 거울 앞에 앉는다. 오늘 머리를 못 자르면 마누라한테 핀잔 들을 거라 술기운을 빌렸다는 손님. 이발소 문이 닫혔냐는 것이다.

막내 성길이가 쇼파에서 잠이 든다. 종일반이라 피곤했나 보다. 손님머리는 마무리 되어가는데 "아줌마 애인 있어요? 첫사랑은 찾아봤나요?" 밑도 끝도 없는 질문에 의아했다. "나의 첫사랑은 짝사랑이었는데요" 하자 피식 웃으며 친구 이야기를 하겠단다.

친구놈은 첫사랑을 20년 만에 찾아서 못 다한 사랑하기에 부러웠고 나의 첫사랑은 지금 아내라서 그 의미를 모른단다. 그래서 호기심이 있다는 선미 아빠의 말이다. 딸 셋과 아내만을 사랑하겠다며 자리에서 일어난다. 처음과는 달리 물어온다. 첫사랑 있을 것 같은데 하면서 말꼬리를 흐린다. 손님, 저도 첫사랑에 실패만 안 했으면 지금쯤 아들은 군복무에 충실할 텐데…….

선미 아빠는 애달픈 사랑을 몰라 후회가 된다며 친구를 자랑삼아 이야기한다. 요람에서 무덤까지 가정을 지키며 네 여자의 몫이 돼야 한다며 멀어져 갔다. 잠든 아이를 업고 집에 들어서자 따뜻한 마음으로 반기는 내 아이가 고맙다. 아빠의 자리를 메꾸어 줘야 하는데, 남편의 자리를 메꾸어 주는 것이 아니던가.

나의 일상을 가슴에 묻고 15동 1004호.
　업고 메고 들고 들어온 내 모습. 목에 건 가방을 벗겨낸다.
무거운 짐을 덜어주는 가정의 꽃은 정말 아름답다. 가람이
엄마도 가정으로 돌아왔다. 호기심은 이젠 그만, 못다한 손
길이 분주하다. 청빈한 삶이 가장 아름답다는 걸 알았단다.
참회하러 절에 간다는 그녀의 모습에서 금빛 환희로 가슴을
열 것이다.

부자였던 보람이

올 겨울은 유난히 춥다.

87년도 섣달 초 여드렛날. 둘째 아이가 태어났다. 큰 아이 정화. 첫돌 지나 보름만에 여동생을 보게 되었다. 그러니까 정화가 생후 4개월 될 무렵부터 속이 쓰렸다. 참다 못해 병원에 갔다. 내과 의사는 산부인과로 가라는 말 한 마디가 전부였다. 낮은 콧등 위에 주저앉은 뿔테 안경을 추켜 올리며 다음 환자를 반긴다.

담담한 마음으로 병원문을 밀고 나왔다. 눈부신 햇살, 아지랑이 피어오르는 신흥동 언덕배기를 넘어야 하나 아니면 산부인과로 가봐야 하나, 작은 집에 큰 고민이었다.

하늘을 쳐다보니 넓고 푸르다. 언덕 위에 길가집 하얀 목련꽃이 담장너머로 활짝 웃어보인다. 생기 발랄한 봄처녀의 옷차림. 목련꽃처럼 풍만한 가슴. 진달래꽃처럼 화사하다. 꽃은 신이 만든 창조물 가운데 가장 아름답다고 하지 않았던가. 2년 전만 해도 내 모습 또한 저렇게 보여졌겠지.

발걸음은 집으로 향했다. 따스한 햇살을 두 손에 꼭 쥐고 잠든 정화의 모습. 두 귀만 열어놓고 평화롭게 꿈을 꾸는 인꽃. 아가의 웃음소리 그 소리는 천상의 소리일 것이다. 행복을 주기보다 행복을 일궈 가는 자의 몫으로 최선을 다하겠다는 남편이다. 햇살은 담장너머 희망대공원 끄트머리를 돌아갈 때 쯤 저녁준비를 한다.

　찌개가 끓어도 자반조림에도 입덧은 없다. 첫아이 땐 심했는데…… 의문점만 찌개처럼 끓어오른다. 정화가 잠에서 깨어났다. 돌아선 햇님처럼 방긋 웃는다. 밤이면 마루가 닳도록 천 보, 만 보를 걸어 아이를 재웠다. 고민 아닌 고민, 마음만 무겁고 답답했다. 모유를 먹일 때까지는 임신이 안된다고 들은 기억이 있는데 경도(經度) 없이 임신이라니…… 첫딸은 살림밑천이라던데 이번엔 아들일까? 아랫배는 불러오고 속쓰림을 참지 못해 남편과 상의하자 한 명으로 최선을 다해 키우자는 것이다.

　정화는 우유가 받지 않아 코와 입으로 도로 나온다. 어쩔 도리가 없었다. 쉴 새 없이 미음과 거버 이유식으로 허기진 배를 채우면 스르르 잠이 든다.

　난 지칠 대로 지친 몸을 가누기 위해 커피로 졸음을 쫓는다. 무겁게 내려앉은 눈꺼풀 사이로 희미하게 의사의 말이 두뇌에서 머문다. 오늘은 병원에 가야겠다. 초음파 검사로 보아 임신 4개월이란다. 분만할 거면 매월 15일날 나오라는 말이다.

　한바탕 소나기라도 퍼불 것만 같았다. 넓은 창너머로 달리는 자동차. 오늘이 민방위날이라서 많은 사람들이 병원 문 앞에 채송화랑 칸나처럼 피어 있었다. 먹장 구름결 같은 그림자가 천둥, 번개를 동원한 빛과 그림자였을까. 소나기가 지나간 하늘 끄트머리 위에 무지개가 떴다. 오색빛 타고 내려온 선녀인양 착각하고 있는 내가 아닌가. 주어진 나의 몫으로 받아들여야 했다.

7개월 된 큰 아이와 4개월 된 태아를 식구들께 알리자 한결같이 아들이나 낳으라는 일관성. 밤낮으로 커피로 졸음을 쫓지만 큰 아이에게 미안했다. 흰 우유만 많이 먹었는데 검은 피부를 가진 정화. 옆에 있던 남편이 힐끗 웃는다. 그것은 5살 때 아버지와 바다 낚시를 가서 탄 피부가 아직도 벗겨지지 않았다는 말이다. 그 기억이 새삼스레 떠올랐던 것이다. 희미한 동심의 추억을 짓궂게 말하는 아내가 밉단다.

살며 생각하니 미움이 사랑되었고 사랑이 미움될 때까지 사랑할 거라는 남편이 믿음직스러워 보인다. 밤새 내린 눈 위로 햇살 가득히 쏟아 놓은 아침. 진통은 참아도 딸을 낳는다면 설움은 참을 수 없을 것 같았다. 분만실, 진통과 고통 사이로 하늘의 문이 열리고 희미하게 들려오는 '공주'라는 말, 은행알이 떨어지는 느낌을 받았다. 그때서 하늘빛이 노랗다고. 슬픈 마음은 설움에 겹쳐 왔다. 시부모님도 서운해 하셨다. 첫미역이 나왔지만 내겐 뜨거운 눈물보다 오장육부가 더 뜨거워졌다. 소갈머리 없는 행동. 미역국을 변기통에 쏟아붓고 그릇을 문앞에 내놓자 또다시 갖다주는 아줌마가 미웠다. "언젠가는 아들을 낳고 말 거야"라는 다짐으로 눈물을 감췄다.

회진하던 의사가 위안을 한다. 서운한 만큼 기쁨의 날이 올 거란다. 난 그 말에 위안이 되었다. 정화는 시댁에서 당분간 있는단다. 작은 아이는 원없이 모유를 먹었다. 연년생 딸을 어떻게 키워야 할까? 친정 엄마 생각, 눈물이 흐른다. 육남매 자식중 넷째이자 둘째딸이 첫딸을 낳고 또 딸을 낳았으니 엄마의 정성을 알 수 있었다.

생각 끝에 전화를 했다. 섣달 초열흘날, 엄마의 생신날이었다. 축하의 말보다 어머니는 눈치로 "밥할 줄 알면 수제비도 할 수 있지"라고 묻길래 대답을 했다. 그러면 다음엔 아들 낳을 거란다. 서운한 자식이 복된 자식일 수도 있단다. 몸 건강, 마음 건강으로 아이 잘 키우라는 말씀이 큰 위안이었다.

소복소복 쌓인 눈 위로 바람이 일자 앙상블 같던 눈발은 널뛰던 여인네들 치맛자락 끝에 살포시 내려앉는다. 시아버님의 전화음성, 잔잔한 호수에 표류된 고니를 대신하듯 아이 이름은 "연꽃 芙, 아들 子, 김부자란다. 효도하고 남동생도 보고 잘 살 거니 그리 알아라" "네……." 난 한문보다 한글이고 싶었는데 부자라니…… 앙상한 나무들도 명치끝에서 끌어 올리는 수액으로 몸을 틀고 입을 열며 눈을 뜨는 따스한 봄날이다. 부자 백일 지나서 무속인을 찾아갔었다. 부자 첫돌까지만 '후불'이라고 불러주면 남동생을 본단다. 난 그 말에 믿고 싶어 확신했다.

정화가 집으로 왔다. 올망졸망한 연년생 딸을 키우는 나날. 아플 땐 쌍둥이처럼 같이 아팠다. 병원에 갈 때면 우선 부자를 옆구리에 기저귀를 업고 등 뒤론 정화를 업고 다녔다. 지나가는 사람들은 먼 빛에서 보고 한 마디씩 한다. 다리는 한 사람인데 얼굴은 세명이라고, 정화와 부자가 예쁘게 성장해 학교에 들어갔다. 부자는 놀림을 당해 울고 오기가 다반사였다. 그 후 무속인의 확신대로 아들을 낳았고 삼칠레 되는 날 분당으로 이사를 했다.

내 세상 같은 느낌은 아직도 가시지 않는다. 금동이를 업고 부자 담임을 만났다. 이름을 말했다. 웃는 선생님, 지금 가명을 지으라는 것이다. 순간 보람이라고 말했다. 김보람.

선생님이 고마웠다. 부자는 즐거운 학교생활로 다져갔다.

그 후 개명이 되었다. 이유서를 써서 타당성이 맞아야 교장, 교감의 도장이 찍혔다. 모두 웃으며 푹 눌러 찍어 주었다.

지금 보람이는 영원한 개명의 이름도 보람이다. 옆집 슬비가 놀러왔다. 슬비 엄마도 부잣집이라서 왔단다. 이제는 보람으로 살겠다고 말하는 보람이의 보조개에 저녁 햇살이 가득 고였다. 6학년이 된 보람이 옛 기억이 난다며 속담처럼 쓴단다. 희망의 별명으로 고운 꿈을 꾸는 보람이네, 작은 집에 큰 행복 가득하다.

어머니와 감나무

　어머니! 몇 번을 불러봐도 가슴에 와 닿는 그리운 어머니.
인자하고 사랑스런 나의 어머니……

　오늘도 잿빛 하늘 너머 까치의 울음 소리에 청량감을 실어
오는 어머니의 사랑, 내 가슴에 가만히 심어 주던 그 손길,
정성어린 지혜……. 겨울날에 따뜻한 등불이 되어 주신 어
머니의 말씀은 "에미야, 시부모님 안녕하시고 김 서방 직장
잘 다니고 아이들은 잘 자라고 있느냐. 넌 쾌활한 마음 여전
하구……"

　어머니의 먼 음성은 봄의 향기따라 교감되는 어머니 소식
이었다. 나는 고맙다는 말로 감사드리고 작은 마음가짐으로
행복을 느꼈다. 남편은 중국 청도에서 파견 근무를 3년째 하
고 있다. 매주 토요일 밤 9시가 되면, 남편 목소리의 생동감
에 하루의 피로가 풀린다. 세 아이와 직장생활로 고생이 많
다며, 사랑을 위한 삶이 가장 아름다운 지금이 아니냐며 타
지의 외로움을 덜어내는 위안의 음성이다.

　'돌아오는 명절에 꼭 갈게. 그때까지 더 열심히 노력하는

자세로 살자' 난 그 말에 세 아이들을 보듬어 준다. 유년시절 어머니가 날 보듬어 준 기억으로 말이다. 어머니는 10년 전부터 고향 홍성에서 홀로 살고 계신다. 아버지가 돌아가신 자리. 생전에 머물던 그 자리를 지키려 하는 듯, 하늘의 옥황상제를 만나듯이 아버지를 생각하시는 어머니. 아버지 산소에 성묘 가서 계절의 집 소식을 알려주고, 우리 자식 성장을 전해 드린다고 한다.

봄이면 씨 뿌리는 어머니의 쇠약해지신 모습. 고추 마늘 감자 등 당신의 손길 가는 곳마다 심어 가꾸어서는 6남매 자식들 다녀가라는 어머니. 가을 소식을 들을 때마다 나는 텃밭의 감나무를 생각한다. 감꽃이 피면 아버지가 그리워 눈물짓는 어머니, 그 모습이 안타깝다.

올해도 감이 많이 열려 붉어가는 빛으로 아쉬워 하신다. 아버지를 잃은 자식의 슬픔은 그 어느 슬픔과 비길 데 없는 슬픔이다. 생전의 아버지는 유난히도 감과 꽃을 좋아하셨다. 그 흔적들을 지금도 잊지 않고 어머니는 감나무 둘레에 봉선화, 진달래, 맨드라미, 철쭉꽃을 계절따라 심어놓고 꽃을 피게 하셨다.

이렇듯 마음을 풍요롭게 가꾸어 흡족해 하며, 감나무를 올려다 보곤 눈시울을 적신다. 가을이면 파란 하늘 사이로, 감나무의 초록잎과 주홍빛으로 물들던 홍시들, 항상 사람답게 잘 살아야 한다며 훈계를 하시던 아버지의 말씀이 귓가에 지금도 들리는 듯한 오후다. 과일은 익어야 제 맛이 나고, 사람은 살며 생각할 때, 정신과 마음을 가다듬고 살아야 한다고 누누이 들은 기억은 내 가슴에 영원히 새겨져 있다. 훗날 내 아이들한테도 전해 주어야겠다.

높고 높은 하늘 나라에 계시는 아버지. 구름 한 조각 떨구고 홀로 가신 아버지, 어머니는 아버지 생각에 오색빛 노을 속을 정처없이 날아가는 기러기 소리에도 한숨지며 가을의 외로움을 달래신다.

온갖 풀벌레 소리는 어머니의 한숨 소리를 가중시킨다. 보름달 아래 붉게 익어가는 감의 결실은 참 아름답다. 잎새 뒤에 붉어지는 감빛은 어머니의 자식 사랑을 닮았다. 아버지의 훈계처럼 산들산들 부는 바람에 춤추는 갈대의 흐느낌처럼, 아슴한 기억으로 외로운 삶을 사시는 나의 어머니, 이제 구름처럼 바람처럼 아버지 만나러 갈 것이다. 아침이면 일과처럼 감나무부터 바라보시는 어머니, 동구 밖 호두나무랑 은행나무가 가을자랑에 뽐내는 밀알들, 그러나 붉은 감빛만 하랴 하던 어머니의 말씀에서, 아버지를 그리워하는 진한 애정을 느낄 수 있었다.

어머니의 손주들 사랑은 이 가을에 더욱 짙어만 갈 것이다. 손주들 성장하는 모습을 흐뭇하게 지켜보시는 어머니, 어머니의 얼굴엔 신비가, 손에는 정성이, 가슴 속에는 지혜를 담고 계시는 어머니를 이어 받은 우리 자식들이다. 그 지덕의 은혜 입어 삶의 주춧돌이 되었다. 이제 나도 세 아이의 엄마가 되었지만, 내 딸 정화가 성장하여 어머니가 되었을 때, 내가 어머니를 그리워 하는 것마냥, 정화도 제 어미를 그려낼 수 있을까, 자문해 보지만 자신이 없을 것 같다. 내 자녀들에게 어머니가 베풀어주신 사랑을 심어 주어야겠다.

연산홍 꽃나무가 내 유년시절 모습처럼 곱게 피었다. 고결하고 티 없는 어머니의 사랑 속에서, 아이가 되어 어머니 가슴 속에서 젖을 먹으며 한잠을 포근히 자고 싶어진다. 이마를 쓸어 내리며 육쪽 마늘코를 매만지던 어머니의 그때 그 손길이 다시 느껴져 오는데, 어머니는 아버지의 자리까지 메꾸어 주셨던 것이다.

어머니의 그 마음으로 살고 있는 둘째 딸에게 자주 전해 주셨던 목소리는 영원한 소리를 담아둔 내 정신 속에 꺼지지 않는 빛으로 밝혀 두렵니다. 어머니의 딸이 엄마가 되었으니 어머니의 모습까지 보람이에게 보여 줄 수 있도록 자비로 꼭 안아주리라.

연년생 딸과 늦둥이 아들 성길이가 있는데도 생각을 잊고 잠시 어머니의 젖먹이처럼 나이를 까마득히 접고 어린 시절을 회상해 보았다. 넓은 광목 앞치마에 가을 산을 연상케 했던 김치 국물과 물 묻은 손자국 모자이크한 수채화 그림으로 보았었다.

어머니를 따라 다니는 코 고무신에 나비도 지칠 줄 모르고 날개를 퍼득거린다. 텃밭에 오이순을 딸 때도 나비가 먼저 날아 별꽃에 앉는다. 하얀 뭉게구름 쉬어 가라고 감나무를 바라보시던 어머니 저 산 너머에 꽃보다 더 좋은 곳에서 솔바람 소리에 자연이 되어 물아일체의 삶으로 살아가는 아버지의 영혼에게 보내주고 싶다.

뭉게구름 타고 감나무 꽃과 열매보다 더 고운 아버지의 아내가 붉은 감빛에 취해 하얀 나비 날개접고 댓돌 위에 벗어놓은 어머니의 코 고무신 아버지의 모습으로 쉬어간다. 비록 혼자 아버지의 그림자를 따라 마음을 비우는 어머니, 밤이면 수채화 병풍을 치듯 앞치마를 못에 걸어 놓는다. 새벽이면 이슬 깨울까 조심스레 그림을 바라보시면 육남매 자식들 오려나 기다리는 어머니, 지금의 어머니는 세월의 꽃으로 피어난 삶의 꽃 향기 따라 두꺼비를 부르며 손등을 스치는 가을 빛 어머니의 가슴 속에 자욱한 호연의 기상을 품어 지향적인 어머니를 닮아 내 가정에 웃음꽃 피어 주리라. 하늘 아래서 부끄럽지 않도록 최고의 사랑으로 고귀한 어머니의 별꽃을 바라보리라.

　어머니의 웃음은 최상의 모습이며 소리라고 말하고 싶다. 어머니! 내일 아침 감나무 가지 위에서, 까치가 울면 저의 소식 받으세요. 감나무를 에워싼 꽃향기 따라서 어머니의 삶의 철학처럼…….

희망의 길은

　바람이 분다. 앙상한 나뭇가지 위에서 까치가 그네를 탄다. 청량감 신고 와 창문을 두드린다. 지금은 계시냐는 희미한 말소리가 들려왔다. 단단한 지팡이 앞세워 문을 밀고 들어오신 할아버지, 숨을 가쁘게 내쉬며 "내가 두 번 왔다가 세 번째 온 거여. 다행이도 오늘은 자리를 지키고 있구먼……" 난 그 말씀에 죄송스러운 생각이 들었다. 할아버지는 화요일 날과 목요일 오전에만 오셨다가 헛걸음만 치고 가셨던 것이다.

　이곳 매화마을에서만 5년째 미용실 자리를 지키고 있다. 그것은 2층까지 올라오신 손님들마다 제 성의로 정성을 다해 드린다. 휴일 외엔 언제나 거울 앞에 있는데 작년 가을부터 목요일마다 커다란 메모를 읽었을 것이다. 미용실 문 앞까지 와서야 이유를 알았을 손님들 그 내용은 "좋은 아침입니다. 그러나 개인 사정으로 오후 1시까지 도착합니다. 다시 뵐 수 있다면 좋은 하루가 시작되었다고 꼭 말씀드리고 싶군요." 이 내용이었다. 왔다가 돌아가는 손님들의 메모는 바

닥에 낙엽처럼 딩굴고 문짝에 껌으로 붙여 놓은 메모도 있
다. "딸기야 즉시 전화해." 이것은 딸 한 명, 공주 한 명, 늦
둥이 아들을 통합해 딸기라고 부르는 미용실 안에서의 별명
이기도 하다. 누군지 난 금방 알 수 있다. 12동에 사는 혜정
이다. 맛있는 음식이 있으면 갖다 준다.

어느 날에는 뜨거운 저녁밥을 도시락에 싸서 갖다 주는 손
님 같은 엄마, 엄마 같은 친구 같았고 내 마음에 고마움이
늘 앞서 보람있는 천직이라고 미용실을 사랑하는 일이기에
더욱더 미적 감각을 창출해야 한다. 일주일 동안 열심히 일
하고 휴일날은 대청소, 일주일동안의 시장을 봐야 했고 밀
린 책도 읽어야 했다. 세 아이 등굣길에 따라 나서야 하는
목요일 아침 출근은 다른 날과는 사뭇 다르다. 커다란 메모
를 다시 붙였고 즐거운 하루가 이어진다.

어제와 다른 오늘. 내일 아닌 그 날이 오늘이기에 창살 없
는 감옥에서 벗어난 기분. 그 누가 알랴. 남편의 빈 자리가
많아 늘 바쁜 날이다. 화용일날 오전은 서실에 나갔다. 하지
만 목요일 날 문예대학 강의가 더 좋기 때문에 서실은 잠시
쉬고 있다. 엷어진 십일월의 햇살은 거울을 뚫지 못한 채 서
성이는 그림자를 안고 앉아 계시는 할아버지, 연산홍빛 커
트보를 목에 두르자 "추워지니까 치켜 깎지 말어" 하시고는
눈을 감는다. 잠든 아가의 모습처럼 편안해 보였다. 지금 할
아버지는 무슨 생각을 하고 계실까. 젊어 볼까 아니면 먼저
간 할머니 생각을 하실까. 아니야. 오늘에서야 이발을 하게
되었다고 좋아하실 거야. 나는 여러 생각이지만 사랑 실은
가위는 허연 머리카락을 잘라낸다.

할아버지의 낮은 콧등을 타고 입가 수염에 쌓인다. 창밖의
낙엽처럼……. 이제 눈뜨고 보세요. "음, 잘 됐구먼" 하시더

니 곧게 앉았던 몸을 뒤로 젖히고 고개만 든다. 내가 엉거주춤하자 모시조개처럼 다문 입으로 콧수염도 깎아봐. 나는 당황했다. 그것은 남편도 한 적이 없기 때문이다. 할아버지는 이곳이 이발소인양 착각한 것은 아닐 텐데 두 번의 헛걸음했던 기억삼아 해드리자. 긴장된 손은 작은 가위로 콧수염을 잘근잘근 파 다지듯 잘랐다.

할아버지는 힘주어 코털을 날려보냈다. 시원스레 뚫린 듯 숨소리가 거칠다. 흐르는 강물 위에 꽃잎 같은 미소로 수염도 깎으라는 말씀. 그래 꽃잎 아닌 종이배를 띄우자. 먼저 바리깡으로 자르고 면도를 했다. 해묵은 근심 걱정 모두 종이배에 싣고 떠나가듯이……

할아버지는 증명 사진을 찍듯 상체를 펴고 거울을 한참 바라보시며 웃는다. 한 겨울 양철 지붕 녹슨 고드름 같은 누런 이를 보이면서 "잘 됐어" 한 마디가 최선을 인정한 양 만족을 하셨다. 이 가을날 황금 들판에 추수한 흔적은 진하게 피어났다. 저승꽃을 말할 수 없이 피어 노란 국화꽃보다 더 진한 노부의 냄새는 황혼의 냄새가 아닌가. 삶의 향기 님을 떠나보낸 그 냄새였다. 마지막 마무리. 목덜미 면도를 해야 한다. 고개를 숙여 제아무리 당겨도 펴지지 않는 무명실 같은 주름과 동아줄처럼 굵은 주름살 사이로 허연 살빛은 살아온 세월만큼 배어든 연세였다.

주름살 사이로 허연 머리카락이 잠들고 있다. 낙엽이 떨어진 자리처럼 진액이 묻어나지 않도록 조심했다. 작년 여름날 노인 한 분 면도하다가 그은 적이 있었다. 그때의 생각이 지금의 패인 주름살을 있는 힘을 다해 당겨 최선을 다했다. 내 눈동자는 사팔의 눈빛이 아닌가. 부드러운 향기 짙게 피어오르는 신새벽의 물안개처럼 파우더로 털어 드렸다. 비단

줄 그어놓은 자리. 황혼빛에 여울진다. 노부의 지팡이를 보니 작년 봄에 내가 버린 실내 마포자루였다. 할아버지의 말씀과 같았다. 아마 먼저 가신 할머니의 자리가 허전하셨나 보다. "할아버지, 지금 무엇이 제일 좋으세요"라고 물었다. 아무것도 없고 다만 먼저 간 아내가 오라고 할 때 갈 수 있는 희망의 길 밖에 없다고 하신다.

언제나 그 곳은 나의 길이며 영혼의 세계에 아내와 만나는 그 날이 그렇게 오는 거라시던 할아버지. 두꺼비 등 같은 손으로 눈물을 훔친다. 살아 있을 때 잘해 줄 걸 뒤새겨 흐리는 말꼬리. 할아버지께 박카스 한 병을 드렸다. 마지막 한방울까지 짜마신다. 빈 병을 흔들어 입술에 갖다대며 이 맛이 그 맛이라신다. 그렇다. 유년시절 나의 할머니도 그러셨다. 감기나 배가 아파도 벽장 속에 두었던 박카스 한 모금 마시곤 "이제 좀 나은 거 같군" 하시던 그 말씀이 새삼스레 떠오른다. 아내를 잃은 슬픔, 자식 많다 해도 그 속을 어찌 알랴. 이젠 친정 어머님한테 전화를 해야겠다. 아버지를 떠나 보내고 그 자리를 지키며 사시는 어머니, 올해도 내 마음을 좀 더 비워내고 찾아가야겠다.

할아버지의 지팡이에 석양빛보다 더 고운 삶의 꽃이 아름답게 피었다. 화려하지 않은 갈색의 꽃은 영원히 희망의 길 위에서도 아름다우리라. 할아버지의 키를 낮추어 지팡이에 허리 힘을 덜어 문을 밀고 저만치 가시는 모습. 등마루엔 할머니의 등불이 피어 가시는 곳마다 훤히 비추어 주시겠지. 오늘도 설 까치는 살갑도록 둥지를 튼다. 따뜻한 마음으로 하늘을 쳐다보며 희망의 길은 영원하리라. 석양빛 한 자락은 할아버지의 손등 위에 살포시 내려 앉는다.

넉넉한 웃음만 자연의 도식 속에 심어 놓으실 때까지….

희망의 문

구월의 소리를 듣는다.

혼탁했던 지난 여름이 가을비에 씻긴다.

매화마을 315동에 살고 있는 문씨 할아버지는 82세이며 훤칠한 키에 건강한 노인이다. 겨울이면 이곳 매화마을 막내 아들과 함께 살고 있다. 봄, 여름, 가을이 되면 양평 밑에 양동으로 갔다가 철새처럼 겨울만 되면 돌아와 사는 것이 8년째란다.

그 노인은 한 달에 한 번씩 미용실에 오면 으레껏 수염과 눈썹 수정까지 하시곤 막내 며느리 칭찬을 한다. 물론 손주 재롱도 잊지 않는다. 그러던 어느 날 문씨 노인은 눈언저리에 눈물이 맺혀 있었고 가을볕이 곱다며 한숨소리로 햇살을 잘라 놓는다. 아마도 가슴에 묻힌 큰 아들과 먼저 간 할머니 생각에 참았던 고통이 봇물처럼 쏟아지는 삶인 듯 싶다. 넌지시 가슴에 손을 얹고 아파서 괴롭다며 죽는 것이 편할 것 같단다.

늘 자상했던 노인은 말없는 고통을 참으며 살았는데 이젠 희망의 길이 보인다며 허공에 눈길을 띄워 놓는다.

그것은 문씨 할아버지의 담도암 때문에 더 이상 살기가 힘들다며 병원에서 내린 결과니 고향으로 내려간다는 말이다. 그러기 위해서 마지막 머리를 자르러 왔다는 것이다. 어쩐지 다른 날보다 일찍 온 걸로 보아 심상치 않았는데 가위소리만큼 노인의 말소리에 실핏줄이 멈추는 듯하였다. 나 이제 가면 영영 못 오니 멋있게 자르라며 묶은 세월의 시간을 다셔 마시는 입 언저리에 발원을 하는지 으밀아밀하게 보인다.

순간 친정 아버지 생각에 마음이 뭉클해져 옴을 느꼈다. 내 설움에 만남과 이별에 또 다른 인연을 예고하는 영겁의 과정이라고 생각했다. 그 노인에게는 예정된 이별이라고 자초하지만 못다한 일이 많다며 아쉬운 지난 세월을 물레방아처럼 나이자락에 점 하나 찍고 간단다.

늘 그 모습대로 말끔하게 정리되자 자리에서 일어나 내 두 손을 꼭 잡으며 잘 있게나 건강하게 살고 행복하시게 하면서 이슥한 눈빛으로 한참을 쳐다보았다. 그 손은 사시나무처럼 떨고 있었고 손등 위로 삶의 질곡 같은 빗물로 젖어 있었다. 그것 또한 노인의 죽음을 예고하는 마음의 준비였을 것이다.

내일 이곳을 떠나면 영원히 못 올 곳인데 하면서 눈물 흘리며 떠난 할아버지의 뒷모습은 지금도 내 마음 한켠에 자리하고 있다. 웬지 마음이 무겁게 가라앉아 퇴근을 서둘렀다.

풍요로운 가을로 준비했던 추석도 지난 지 일주일만에 양동에서 죽음의 전갈이 왔다며 달려가는 막내 며느리의 얼굴에는 겁에 질린 해바라기 같은 모습이었다. 노인은 살아 생전 며느리한테 기분이 좋을 때마다 유언을 강요한 말을 듣고 찢어지는 가슴을 스스로 달래며 모셨다는 것이다. 문씨 할아버지는 죽으면 석관을 쓰되 할머니와 합장을 하고 비석을 세워 달라는 유언이라고 했다.

삼일장이 끝나고 부의금으로 유언을 따랐고 남은 돈으로는 문씨의 큰 아들 비석까지 세웠다는 며느리의 마음이 가을 햇살처럼 아름답다고 느꼈다.

막내 며느리는 가끔씩 빛바랜 노인의 사진첩을 뒤적이면서 여린 눈물이 파르르 흘려 내린단다. 효도 한 번 해드리지 못하고 목구멍이 포도청이라 먹고 살기 바빠 아등바등 발버둥치며 직장을 다니느라 보살펴 드리지 못한 것이 한이 맺힌다는 며느리의 마음이 효부의 생각이라고 들렸다. 먼 훗날 자신도 자식에게 심적 부담을 주지 말아야 한다며 눈물 젖은 손으로 시아버님의 사진을 닦아보니 생전의 모습으로 웃고 있었다 한다.

해가 서산마루에 걸렸을 때 퇴근하여 집에 오면 노인정을 다녀왔다며 짯짯이 소주를 마시기도 하지만 그때마다 마음이 아프고 인생이 녹슬어도 희망의 길이 너무 빛이 나기에 희망의 문을 두드릴 수 없어 해도 달도 잡든 삼경에 그렇게 살다가 가셨다는 문씨 할아버지의 명복을 뒤늦게나마 빌어본다.

누구나 희망의 길은 멀고도 가깝지만 값진 삶을 보람되게 살다가 마지막 문을 열어준 사람이 있을 때 가장 고마운 사람이라던 노인은 맑은 영혼으로 할머니의 안내를 받으며 명주 같은 사랑을 곱게 짜깁기하며 살아 갈 것이다.

아픔도 고통도 하늘 위로 걷어내고 희망의 집에서 못 다한 삶의 여정을 풀어 가는 나날이 맑은 영혼과 함께 영원할 것이다.

꾀꼬리 같은 단풍이 유난히 고와 보이는 매화마을 산자락에 노인의 웃음처럼 깊어만 간다. 소소리바람에 붉은 잎이 떨어진다. 가을을 보내는 노인의 삶처럼 타인들 가슴에 남아 있는 그 한 마디가 오늘도 마을 노인정에 한 무리 머문다.

두루뭉실한 모습을 여읜 그림자로 길게 드리운 살살이 꽃이 315동 앞에 피어 있다. 오늘은 기분이 좋아 나 한 잔 했어 하면서 볼그레당실처럼 담도암을 이기기 위해 아니 며느리의 마음에 아픈 모습 감추고자 덩더쿵 춤을 추면서 한잠을 주무신다는 할아버지였다.

일년이 지난 노인의 집안에는 가을 바람이 쓸고 간 빗자루결만 남아 있다.

재피방에서 살았던 노인의 창문마다 손주의 불빛이 며느리보다 엄마로서 기다리는 어린 아들의 손길이 노인의 마음을 닮았다고 위안 삼아 말한다.

추적추적 가을 빗소리에 긴 시름 걸어 놓고 직장의 발길도 묶어 놓고 아이들과 함께 양동으로 시아버지 산소에 다녀오겠다며 떠나는 그녀의 마음밭은 늘 느티나무 같은 그늘이었다.

며느리는 가정의 꽃이요 항상 생명력 있게 용솟음치는 샘물 같다. 항상 바쁘게 살아가고 있는 그녀가 살뜰한 마음가짐으로 튼실하게 보내는 나날이 되도록 마음 속으로 빌어본다.

가위소리에 사랑을 싣고

초가을. 검단산 기슭으로 에워싼 매화마을. 까치의 울음 소리로 아침이 밝아 온다. 넓은 창 너머 뿌연 안개가 자욱하게 보이고 자동차도 잠에서 덜 깬 듯 서행한다.

투명한 햇살! 붉어지는 단풍 위로 펼쳐지는 쪽빛 하늘. 한나절 뜨거운 태양은 황금 빛 융단을 깔아 놓는다. 차가운 날에도, 어두운 밤에도 열매는 익어가고 가을 숲은 아련하게 물들어 간다. 수채화처럼……

요즘은 참 즐겁다. 생각을 가다듬고 행동하면 후회가 없듯이 예술의 시간으로 돌아온 내 자리. 샘터 같은 아늑한 공간. 예술의 토탈로 창조되어 가는 가위 소리에 사랑을 싣고 위안 삼는 나의 미용실이다. 남에게 친절하고 내 자신한테 엄격한 마음으로 미용을 시작한 지도 20년이 되어간다. 빠르고, 아름답고, 정확하게, 미용의 표어처럼 맑은 미소 부드러운 눈빛으로 손님들을 대할 때마다 나만이 느끼는 만족의 열쇠를 갖기 위함은 오로지 인내뿐이었다.

지금은 무엇과도 바꿀 수 없는 미용업이다. 오늘의 직관 속에서도 내일의 예지를 가다듬는 자신이다. 아름다운 얼굴이 추천장이라면 아름다운 마음은 신용장이다.

가위 소리에 사랑을 실어 본다. 미용 가위는 작아도 한 구성원처럼 떨어질 수 없다. 가위를 벌리면 멀어지고 맞닿으면 사랑으로 연결된다. 빗질과 손놀림 아름답게 화음을 일궈야 한다. 이것이 우리들의 사이와 같기 때문에 즐겁게 일하는 나날들…….

진한 꽃향기 속으로 꿀벌이 날아 들어 밀랍을 즐기듯 항상 추구하고 창조하는 미용인의 긍지로써 보람을 느낄 때가 많다. 남의 머리를 매만지면서 잊을 수 없는 이야기가 기억 저편에서 소롯이 살아난다. 미용은 내 인생 속에서 땀의 산물이며 수고한 대가만큼 기술 가진 자의 몫이 되어 주어야 한다. 미용만이 내 자신의 무기라고 말할 때 진정 아름다움은 내적 아름다움이다. 일렁이는 눈 밑 이슬로 마음까지 젖어들어 더더욱 겸손해질 때가 많다.

며칠 전 일이다. 하늘색 원피스에 묶은 머리를 한 다섯 살 난 아이와 엄마가 맑은 웃음으로 미용실 문을 밀고 들어 왔다. 3년째 단골손님이다.

며칠 후면 고모의 결혼식이 있어 들러리에 설 퍼머를 하기 위해 아이가 왔단다. 빛나는 눈동자가 풋고추 같은 콧날. 금선을 그어 놓은 듯한 입술 인형처럼 귀여운 아이다. 흰 드레스에 꽃달린 모자를 샀다며 말하는 자두공주 말이다.

와인딩(파마를 만 것)이 끝난 정현이 엄마가 자두공주 차례라고 하자 거울 앞 의자에 앉아 빨리 하라고 재촉한다. 난 몇가지 물어 보기로 했다. '자두공주' 라는 별명을…….

"조정현."

"네."

"왜 자두공주야?"

"엄마가 자두를 사 왔는데 큰 걸로 집었더니 내 얼굴보다 자두가 더 크다고 자두공주가 됐어요. 앞으로는 수박 공주가 될 거예요."

"왜?"

"자두보다 수박이 크잖아요."

그때부터 정현이는 자두공주로 예쁘게 자라고 있다. 어느새 와인딩이 되었다. 크레용으로 만 것 같다며 좋아하는 자두공주. 나는 수건으로 마무리하여 씌웠다. 중전마마 같다며 웃는 그 모습이 참 귀엽다. 옆에 있던 자두공주 엄마가 정현이는 김치와 과일을 좋아하고 애 어른이라서 아무 말도 못하겠단다. 마치 단풍잎 같은 손으로 머리를 감싸는 자두공주 손톱마다 봉숭아 물이 빠져나가 짙어가는 가을날 오후 햇살처럼 넉넉한 웃음소리가 문에서 멀어진다.

어린이용 월간지『팡팡』을 보며 한참을 기다렸던 다영이. 초등학교 삼학년이다. 단발에서 컷트를 하겠다며 거울 앞에 다소곳이 앉아 "예쁘게 해주세요"라는 그 말 한 마디가 무겁게 느껴진다. 분무기로 흠뻑 적신 머릿결을 빗어 내리며 가위소리에 사랑을 싣고 한 가닥 한 올씩 정성을 다한다. 깜찍한 스타일로 완성되자 요리 조리 훑어보는 다영이가 거울 속으로 빠져든다. 놀란 토끼 눈으로 상기된 채 맘에 든다며 육천원을 지불하는 다영이가 기특하여 동전 오백원을 우유 사먹으라며 손에 쥐어 줬다. 목덜미를 쓸어 내리며 뛰어가는 발자국 소리……

이렇듯 미용실은 밀물과 썰물처럼 분주하다. 기술 가진 자의 몫으로 손길 한 번 더 해주는 서비스에 포근한 웃음은 이 가을날처럼 아름답다.

어느새 자두공주가 기다리고 있었다. 중화재를 뿌리고 완성이 되는 순간 아름다운 웨이브가 파도를 타는 순간 갈매기 날개처럼 가볍게 마무리 되었다. 흰 드레스에 꽃바구니. 고모의 결혼식날을 상상해 보는 자두공주의 모습이 기억에 남을 것이다. 오늘도 맡은 임무에 저마다 개성있는 미적 감각으로 만족해야 한다는 일념이다.

이때 "문좀 여세요" 하는 다급한 목소리가 들려와 문을 열었더니 조금 전 컷트를 했던 다영이가 오른손을 찻잔, 왼 손은 뚜껑삼아 건네는 일회용 커피잔이다. 왼손을 든 순간 모락모락 오르는 김. 향긋한 냄새가 코끝을 진동한다.

"다영아, 어떻게 된 거야. 이 커피?"

"네, 아까 오백원 주신 걸로 자판기에서 삼백원짜리 빼 왔어요. 아줌마 드리고 싶어요."

난 그 말에 부끄러웠다. 내가 다영이 입장이라면 뽑기나 했을 것 같은데. 이렇게 깊이 생각해 주는 아홉 살 다영이의 입 언저리에 흐르는 미소가 초생달 같은 눈웃음과 함께 피곤함을 잊게 해준다.

"다영아, 이 커피 잘 마실게 정말 고마워."

다영이는 손바닥을 '호호' 불며 아직도 뜨겁다며 돌아가고, 그 뒷모습이 내 마음 속에서 예쁜 꽃으로 피어 날 것이다. 고운 심성 따뜻한 손길로…….

노을빛은 넓은 창 문턱을 넘어 거울에 반사된 석양 빛, 가을의 오색 빛처럼 내 가슴 깊숙이 스며든다.

좋은 하루, 좋은 생각으로 긍지와 보람으로 살아가리라. 천직으로 행복한 나날, 가위 소리에 사랑을 싣고서 나눔의 쉼터가 될 수 있도록 백련천마(百練千磨)하리라.

교양 한 수저

　오늘은 한마음 모임이 있는 날이다.

　자크르한 봄날씨 때문인지 베란다 문을 활짝 열어 놓는다. 밤새 이슬 받아 목욕한 솔바람이 코 허리에 머무니 몸과 마음이 상큼하다. 고개를 들어 하늘을 보니 맹산자락에 대추볼처럼 달아오르는 태양이 눈부시다. 그 빛은 온 밤 내내 술래가 되어 날 발견한 듯 무명실 같은 햇살로 일상을 한 뜸 한 뜸 꿰매어 놓을 모양이다.

　가슴으로 연 아침, 희망찬 하루가 될 것 같아 살가운 소리로 아이들을 깨운다. 남편과 딸아이가 말끔한 모습으로 식탁에 앉아 있다. 풀잎 끝에 대롱대롱 매달린 옥구슬처럼 빛나는 눈동자가 식탁에 머문다. 우리 가족 모두 좋은 하루가 되자고 말하자 남편이 애살포시 웃는다.

　오늘따라 청포묵 같은 옷차림이 신통치 않아 보였는지 짧은 사설을 토한다.

　'있잖아, 당신 오늘따라 유난히 눈동자가 수정처럼 맑아 보인다'고 하자 늦게 들어 올 것 같은지 말허리 잘라 노을빛

앞세워 오란다.

　누누이 모임이 있는 날이면 애교로 받아 줄 때가 고맙지만 눈치가 보인다. 그러나 식사가 끝나고 심알을 맺자던 남편이 딸내미와 출근길을 서두른다.

　화창한 잠풍날씨 두어 뼘 일어선 햇살이 짧은 내 허리를 감고 따라 다닌다. 대충 집안 일을 치우고 약속장소로 나갔다. 그 곳은 내가 살고 있는 매화마을 3단지 상가에 있는 매화미용실이자 나의 일터이기도 하다.

　몇몇 친구들이 오늘만큼은 최후의 발악을 할 속셈이다. 아니나 다를까. 제 각각 원하는 스타일로 마무리되자, 북어처럼 깡마른 경미가 환상의 늪에 빠진 느낌이란다. 오늘은 가정을 버려도 될까? 내 청춘은 아직도 장밋빛인데 하면서 웃는 그녀의 잇속은 웃자란 덧니가 삶을 말해 주는 것 같았다. 그러나 내 머리는 산발이 아닌가.

　하기사 중이 제머리 못 깎는다고들 하지만 요가지로 보아선 스님도 스스로 깎는 걸 눈으로 봤는데 하물며 미를 창조하는 자가 산발이라니 하면서 긴 머리를 까치둥지처럼 틀어올리고 매화마을 그 곳을 떠나왔다.

　이목구비가 뚜렷한 경선이가 운전을 했다. 남한산성 애두릅 길을 지나 퇴촌으로 달리는 그녀. 두루뭉실한 몸매가 언제 봐도 넉넉한 큰 언니 같아 보인다.

　매월 마지막 날은 끈끈한 인연으로 만난 모임 친구들. 창문도 열고 마음도 열어 놓는다.

　모성애처럼 보도 위로 달리는 차량들. 목련꽃처럼 환한 웃음이 거리에 넘실댄다. 옆에 있던 춘자가 크렁한 목소리로 긴 한숨을 토해낸다. 시나브로 뒤틀린 문짝소리처럼 말을 잇자 차안은 갑자기 조자누룩해진다. 누구나 그러하듯이 초짜드막한 생활에 외누다리가 없지는 않을 것이다.

어느덧 궁너머 다달을 무렵. 인생이 아프고 마음이 젖어 들지만 지는 해를 그 누가 잡아 둘 수 있을까?

우리 모두 사랑하며 살다 보면 느티나무 같은 추억의 사진 한 장쯤은 황혼녘의 핏빛보다 더 진한 마음밭 일궜던 모습으로 바라보겠지…….

그러나 평상시 보암보암 생각한 친구들이 나를 보고 산은 올라봐야 알고 강은 건너봐야 안다더니 누구보다도 살뜰하게 의건모를 세우며 사는 모습을 닮고 싶다던 그녀들 마음이 한 마음이었다.

그 중 드팀없이 살고 있는 경선이가 갑자기 급커브를 하더니 퍼슬퍼슬한 마당에 주차를 한다. 주위를 보니 토방이라는 민속주점이었다. 차 문을 열자, 게자루 풀어 놓은 듯이 제각각 흩어졌지만 편발머리를 한 압난이가 방으로 안내를 한다. 그 방안은 황토벽으로 몸살을 앓고 있었다.

귀퉁이마다 까만 고무줄로 매달아 놓은 매직이 흐트러진 내 머리처럼 보였다. 뒷곁 쪽으로 도화지만한 쪽문이 닫혀 있길래 난 그 문을 열었다. 작은 풀꽃들이 자울자울 졸고 있다가 그 소리에 화들짝 깨어나 진저리를 친다. 깡뚱치마를 입고 깨끼발을 한 경미가 자지러지도록 웃는다. 방안을 살펴보니 벽면에 "너의 사랑은 나야 그 사랑 빚어 달을 만들 거야. 쪽쪽이가 다녀감"이라고 쓰여 있었다. 내 생각으로 보아 이곳을 다녀간 사람마다 사나이의 빈 가슴에 문신을 새겨 놓는다고 느껴졌다.

두루뭉실한 경선이도 굵은 펜으로 선을 긋는다. 한마음보다 NG모임이 어떠냐고 묻는 글귀가 실핏줄처럼 자극된다. 인생은 미완성이라더니 완벽하기 위해 노력하는 사람으로 순리를 따르면 편하게 살겠지 라는 생각으로 밥상 앞에 앉아 낮달처럼 떠있는 동동주가 날 취하게 한다. 한 모금도 마시지 못하여도 흥그럽게 앉아 있으니 빈 가슴이 잉큼잉큼 뛴다. 마치 두견새 울음소리 들려올 듯한 오후 한나절인데 친구들의 속내는 화톳장처럼 펼쳐진다. 가장 친한 경자가 한 잔 술에 아내의 바가지는 남편 도리에 어긋나지 않을 어정칠월 쪽박이요, 세월 따라 빚어놓은 동동주는 동동팔월 쪽박이요, 아내의 아부재기는 네 박자 손뼉이라며 묵힌 시름 덜어 내자며 한 잔 더 마신다. 마주앉은 경선이가 토박이 꽃을 꺾듯 살살 놀린다. 모처럼 백일홍꽃을 꺾어다 놓은 것 같다며 놀리는 그 말에 애살포시 웃음을 한 무리 쏟아 놓았다.

제비는 작아도 강남을 가고 참새는 작아도 알을 낳더라고 말하자 방안은 갑자기 조자누룩해진다. 나이 잃은 탁자 위에 비빔밥이 색시의 모습처럼 유혹을 한다. 옛말에 미운 놈 밥주고 숟가락 뺏는다더니 그 격이다. 숟가락이 보이지 않아 여기 숟가락 좀 주세요 라고 말끝을 흐리자 옆에 있던 경자가 날 쳐다보면서 '친구 미희야! 촌스럽고 교양없이 숟가락이 뭐니 스푼 주세요 라고 해야지, 오나 가나 촌티를 달고 다녀요. 교양없이…….' 순간 황당한 느낌이 들었다. 차라리 한마음보다 NG모임이 나을 성 싶다. 그녀의 헤픈데픈한 말이었지만 멧덩이처럼 이것 저것 나물을 넣고 슬로 슬로우 비벼놓고 쪽문 너머 개망초가 다소니의 웃음처럼 살갑게 느꼈지만 차라리 바람난 나비의 날개가 부러웠다.

그러나 초짜드막한 시간일지라도 촌티만은 벗고 싶었다. 고마운 친구야 그 언제까지나 내 곁에 교양 있는 친구로 남아 줄 수 있겠니 라고 묻자, 우정은 사랑보다 크기에 변함이 없을 거란다.

그 사람을 볼려면 친구를 보라 했듯이 앞으로 노력하는 친구가 되어줄게….

그렇지만 자세히는 모르긴 해도 동방예의지국인 우리나라에서는 장단가락, 엿가락, 윷가락, 젓가락, 숟가락이 맞을 것이고, 현재 이곳은 수저로 비빌 수 있는 밥이며 숟가락이 제격이라고 하자, 그녀는 본인의 유자코를 만지면서 넘긴 소리 했다가 밑천 다 털렸다며 웃는다.

교양있는 그녀가 그녀 말대로 "스푼"으로 계란 후라이를 내 밥그릇에 사르릉 살짝 올려 놓고 머쓱해 하는 그녀, 오는 정이 있으면 가는 정도 있지 않는가. 부평초처럼 떠있는 동동주 한 사발을 뚝배기에 찰랑찰랑 퍼주자, 쭈욱 마신 뒤 안주삼아 사과하고 이윽한 눈빛으로 나를 쳐다본다.

그렇다. 입은 만병의 근원이라는 걸 새삼 알았으니 모두 교양있는 수저를 놓고 그 곳을 빠져 나왔다.

연짓빛 햇살을 가로질러 매화마을에 도착하니 각자 흩어져 간다. 멀어져 가는 교양 있는 친구 경자의 조브장한 어깨 위로 쏟아지는 석양빛이 엷어진다.

우리 모두 알천스런 삶을 영위하도록 성불하는 마음으로 집안에 들었다. 베란다에 널린 하얀 빨래를 희망으로 다림질해야겠다. 조석으로 마음을 비우고 교양 쌓을 수저를 닦는다.

오늘따라 짱짱이 닦아 놓은 숟가락을 들여다 보니 그녀가 살살이꽃처럼 웃고 있다. 오랫동안 서리 담아온 내 마음의 빗장도 닦으며 일상을 가슴에 묻어둔다.

NG모임이 있는 그 날까지.

가을 하늘을 보며

가을이 좋다.

소중한 오늘을 위하여 숨 가쁘게 달려 오기만 한 지난 날을 회상해 본다.

유년시절, 이 맘 때면 길가 살살이꽃이 아름다웠다. 바람이 불면 부는 대로 가녈가녈 춤추는 모습이 너무 예뻤다.

난 그 꽃잎을 한 장씩 뜯어 열 손톱에 침발라 붙이고 보니 언니 손톱보다 더 예뻐 보였다. 그때 언니는 아모레 미용사원이었다. 언니의 모든 것이 부럽고 아름답게 보였기 때문이다.

소슬바람 불어오던 날 오후였다.

어머니는 니진매 밭둑에서 손갓을 만들어 이마에 대고 황금 들판을 바라보며 올해도 풍년이군 아! 하면서 목에 두른 수건으로 이마에 맺힌 땀을 닦아낸다.

지금은 홍성에 홀로 살고 있지만 그때의 엄마 모습이 눈에 선하다. 그 당시 엄마의 나이가 지금 내 나이로 기억된다. 옆에서 바이올린을 키는 정화를 보니 아름다운 음률에 어머니 생각이 난다. 지금은 세아이 엄마가 되었지만 마을 뜨락에 핀 살살이꽃을 보면 옛 추억이 떠올라 거친 내 손을 쳐다본다.

큰딸 정화가 자줏빛 꽃대궁을 주웠다며 내게 준다. 받아든 순간, 친정 어머니 허리인 양 마음이 아팠다. 그것은 어머니가 힘든 일을 하실 때마다 허리가 끊어지는 것처럼 아프다는 말이 떠올랐기 때문이다.

그 꽃대궁에 매달린 꽃봉오리를 따서 입안에 터뜨려 보지만 어린시절 엄마의 젖맛인양 비릿한 물기가 입안에 퍼진다. 정화가 쏜살같이 달려가더니 강아지풀을 뽑아와 내 목덜미를 간지럼 태운다.

하늘은 높고 푸른데 학창시절 친구처럼 사알사알 엄마와의 마음을 열어 놓는 계기로 만든다. 정화는 중학생이지만 한 번도 가을 길을 걸어본 적이 없어 모처럼 엄마와 단 둘이 도촌동길을 걷다보니 엄마가 너무 힘들고 고맙다는 생각으로 미안한 마음에 항상 불편했다는 것이다.

첫째는 아빠가 없는 자리까지 채우며 생활해 나가는 모습을 보고 가을 하늘은 엄마같고 꾀꼬리 단풍잎은 자식같고 빈가지는 아빠같다며 눈시울을 붉힌다. 그렇지만 우리들이 엄마일을 대신 할 수 없어서 더욱 마음이 아팠단다. 난 정화의 말을 듣고 너무 감격했다. 늘 애기처럼 생각하여 일일이 눈으로 봐야만이 마음이 편했는데 그것이 오히려 아이들 몫을 막아 버렸다는 생각이 왈칵 들었다.

미풍이 서슴없이 콧날을 스치고 지나간다. 그래서 가을이 좋다. 아이와 함께 거닐던 그 거리에서 꼭 보듬어 주었다. 고맙다, 사랑한다는 말도 몇 번씩 아이의 귓불에 달아주었다.

지금 이 자리에서 가을 하늘을 바라보니 늦둥이 아들 녀석이 유치원에서 올 때가 되었다. 딸아이와 가을이 남긴 엄마와의 사랑 이야기를 일기장에 메모하겠다며 미소를 머금는다.

정화랑 잰걸음으로 집에오니 성길이가 쇼파에서 한잠을 자고 일어났다. 다른 날보다 일찍 왔단다. 그 모습을 보니 어린 시절 엄마의 품안에서 한잠을 자고 난 느낌이었다. 들녘에 서있는 수수처럼 알알이 익은 마음으로 안아주었다.

가을 햇살이 창문 틈으로 비추는 내실에는 고소한 냄새가 어린 아이를 일으켜 세운다. 보람이가 빈대떡을 부쳐 내놓는다. 보람이 얼굴은 가을 볕살에 익은 것처럼 벌겋게 달아 있었다. 그 아이의 조그만 어깨 위로 햇살 한 움큼 흘러내리더니 이내 꼬리를 감춘다.

그래서 가을은 풍요롭다고들 하나 보다. 내가 살아가는 동안은 행복하다. 이 가을날처럼… 빈대떡을 맛있게 먹으면서 인생이란 과연 무엇인가 생각하게 된다. 그것은 만물유도일 것이다. 때로는 한 조각의 조그만 배를 타고 망망대해를 헤쳐 나가야 하기 때문이다.

천지 만물에도 모든 길이 있지 않던가. 때로는 일엽편주에 몸 싣고 비바람 몰아치는 바다를 여행해야 한다. 그렇다고 따뜻한 날에도 순풍만이 부는 것이 아니지만 뜻하지 않았던 폭풍을 일으킬 수도 있다. 그래서 누구든지 한 치 앞도 내다볼 수 없는 것이 우리들 인생이다. 그러나 태어난다는 것은 봄날과 같으며 그 맥을 연결하는 것은 여름날과 다를 바 없다. 나의 모습 또한 황금들판에 여물어 가는 낟알처럼 중년의 모습으로 세 아이에게 느티나무가 되어주고 있다. 또한 겨울은 노년의 계절이라고 생각한다. 우리가 산다는 것은 인생의 참된 길을 찾아가는 순례의 인생이며 진리의 길을 찾는 지상의 나그네라고도 생각이 들기 때문이다. 하지만 자연의 순리를 생각할 때 꼭 행복한 것만이 인생이던가. 나의 판단과 계획과 책임하에 배를 저어 나가야 한다. 시간은 의뢰할 수도 양도할 수도 없지 않던가. 나의 생활로 보아도 항상 분주하다. 어제의 보람이, 오늘의 공든 탑이 무너질까. 바로 서 있는 마음이 자신한테 엄숙하고, 타인한테 친절하면서 살았기 때문이다. 인생은 한 번으로 끝나는 엄숙한 시합이다. 스스로 자기의 생명을 완성해야 자신만의 삶이며, 그 자체가 인생일 것이다.

현재의 내 모습, 중년의 완성기로서 지혜롭게 나를 찾아 내면의 아름다움을 성숙시킨다. 언젠가는 자연으로 돌아가기 때문이다. 누구나 결실과 낙화의 숙명에서 비롯되는 죽음은 불빛처럼 투명하다. 그것은 십여 년 전 아버지의 죽음을 맞은 그 시간에 황사바람 불더니 뜰앞 포플러 잎이 나딩굴어 어디론가 사라졌었다.

그 죽음처럼 가을은 슬프기도 하다. 가신 님의 모습처럼 기러기 떼 날으는 가을 하늘을 바라보니 감정이 뭉클해진다.

인생에는 하나의 삶으로 절제와 청빈을 실천하고 생명과 더불어 살았을 때 비로소 호랑이 가죽처럼 그 사람은 오래 살아 남는 것이다.

소슬바람이 매화마을 뒷산에서 졸고 있다. 달빛이 일상을 묻는다.

나의 하루는 여름이다. 내 인생도 여름 지슬아비의 손길처럼 바쁘기 때문이다. 봄에 씨 뿌려 마을밭 일구고 여름에는 정열로 마주하고 태양처럼 가꾸고 가을은 넉넉한 어머니의 젖가슴처럼 내 안에 거두기 때문이다. 그 손길마저 정성과 지혜로써 노력을 다 할 때가 가장 성실하고 소중한 삶일 것이다. 그 삶의 지혜를 배워 소보록하게 쌓여가는 낙엽처럼 자신을 희생하여 만인이 행복할 수 있다면 타오르는 불 속에 뛰어들어 한 줌의 재가 되리라.

　가을 하늘 아래 낙엽을 보면서 삶의 겸허함을 알고 찬란한 별빛처럼 영원한 환생처럼 이드거니 하게 살아가리라.

아버지의 눈물

싱그러운 오월의 아침이다.

무성한 나뭇잎이 창공의 젖가슴을 만지려 들자 흰 구름이 바람한테 밀리고 있다.

오늘따라 분주한 날이다. 그것은 해외에 있는 남편이 보름 동안 휴가를 내어 온다는 날이다. 그래서 그런지 내 마음도 설레임에 달뜨고 초조하다.

남편은 해외로 나간지 4년이 되었지만 일년에 세 번 그러니까 백일에 한 번 꼴로 일주일간 휴가였다. 하지만 이번은 보름이라니 뭔가 심상치 않다는 느낌이 들었다. 그러나 그것 또한 아내의 생일날을 맞추어 온다는 생각이 앞질렀다.

이제나 저제나 기다려도 오지 않아 나의 공간 미용실로 출근을 했다. 찾아오는 사람마다 녹즙을 짜내듯 싱그럽다. 아예 기다리는 님 소식은 순간 접어두고 맡은 일에 최선을 다해야겠다.

오늘은 매화2단지 노인정 할머니들이 왔기 때문이다. 모시 바구니 같은 머리를 목화솜처럼 송글송글한 퍼머를 하겠단다. 또 다른 노인은 달팽이처럼 하라신다. 흐르는 시간을 세월도 막지 못하니 완성이 될 때까지는 짬새가 있다. 세 아이와 미용실, 그리고 남편이 없는 생활에 무거운 내 마음을 흔들어 놓을 때 짯짯이 배운 장구를 익힌 벌로 굿거리장단 태평가를 치자, 노인정 총무라는 할머니가 단춤을 추는게 아닌가, 그 흥에 겨운 내 모습을 거울로 보자 젊다면 젊은 내 자신의 설움에 눈물이 흐른다. 노인들도 긴 소매자락으로 여윈 삶을 찍어내듯 눈물을 훔쳐낸다. 문득 구름을 가르는 번개처럼 친정 어머니 생각이 스쳤다.

흐르는 시간동안 장단가락 실어 나르는 내실의 분위기가 조자룩해져 창문을 열었더니 자크르한 날씨가 시린 내 마음을 달래 준다. 아카시아꽃 향기는 아름아름 야트막한 내 어깨 위로 넘나든다.

내실 한 쪽에 허우룩한 모습으로 앉아 있는 노인의 가락새로 보아 먼저 간 할아버지 생각과 살아온 지난날을 회상해 보는지 자울자울 움직이는 모습은 지쳐 보였다.

한여름 봉숭아 물들인 듯이 싸맨 머리를 풀었다. 서걱거리던 갈대 머릿결이 버들강아지 피었다며 애초롬하게 웃는다.

늘 하루 머리를 이렇게 시작하지만 오른쪽 가슴 위로 떠오르는 태양이 등마루 넘어갈 때쯤 살찐 그림자는 시나브로 여위어 가도 손길만은 넉넉하다.

맹산자락 품에 안긴 매화마을에 편하게 나의 보금자리를 틀고 살지만, 장구를 치면서 토해내는 내 심정은 어느 누구도 모를 것이다. "한 많고 설움 많은 이내 심사는 온다던 님도 아니 오고 햇덩어리는 말없이 산속 품에 안기어 옥빛 파도에게 심알을 맺는데 청승맞은 내 모습은 흘러가는 구름만 훔쳐 보는군" 하면서 신명나도록 장구를 치는데 남편이 조용히 들어와 아무 말 없이 나의 그런 모습을 지켜 보고 있었다. "만나니 반가운데 이별을 어이 해, 이별을 하려거든 왜 왔던가" 라고 하자, 풍랑을 만난 듯이 쇼파에 몸을 맡긴 채, 애꿎은 담배만 연신 피운다. 어느새 남편의 눈에는 눈물이 고여 있었다. 눈물을 흘리는 남편을 16년 만에 처음 봤다.

이상한 느낌이 들었다. 그것은 오랫동안 떨어져 지내다 보니 서로가 어색하고 어렵고 뭇 남성을 대하는 느낌이 와락 올라오기 때문이다. 난 자리에서 일어나 남편 앞에 다가서자 굳은 표정으로 웬 장구냐고 묻는다. 나 또한 긴 밤이 야속해 어둠을 장구 소리로 외로움을 달랬다고 하자 장구는 치우고 오로지 좋아하는 책이나 읽으라는 말 한마디를 남기고 집으로 가는 남편의 뒷모습을 물끄러미 바라보았다.

하기사 남편도 마음은 편치 않으리라 생각했지만 어찌 장구를 찢어버린다고 할 수 있을까. 그것은 아내의 살을 찌르는 것과도 같을 텐데 하면서 마음을 고쳐 먹지만 오나가나 노여움만 쌓인다.

오랜만에 한 자리에 모였다. 막내 성길이가 즐거워 한다. 연년생 딸아이는 시큰둥하다. 그것은 아빠의 사랑이 부족했기에 어렵단다. 어린 시절 아빠와의 기억이 전혀 없다며 온 날부터 가는 날만 손꼽아 기다리며 애꿎은 피아노만 친다.

남편도 알고 있다. 지난날이 후회스럽다며 자신을 원망한다. 누누이 아빠가 오시면 예쁜 딸로 애교도 부리고 편안히 쉬었다 가시도록 우리 모두 노력하자고 약속도 했건만, 막상 만나고 보니 옛 기억으로 억제할 수 없었나 보다.

생일날 아침, 예전대로 출근하여 일을 하는데 집으로 잠깐만 오라는 남편, 허겁지겁 뛰어 갔더니 친정 식구 육 남매가 축하를 해준다. 뜻밖의 일이었다. 굼벵이도 구르는 재주가 있다더니 남편의 제안이었다고 한다. 너무 고마웠다.

결혼한 지 16년 동안 이런 일은 처음이었다. 떨어져 살다 보니 이제서 가정과 처자식이 소중하다는 걸 알았단다.

순간 지나간 세월 앞에서 무슨 말이 필요하랴. 타국에서 마음 공부 많이 했다며 고생만 시켜서 미안하다며 축하해 준다.

옛말에 "철들자 망령든다"고 하더니 오히려 걱정이 앞지른다. 하지만 곰삭도록 참고 살다 보니 이런 날도 있구나 하면서 다른 날보다 일찍 퇴근을 했다.

미우니 고우니 해도 아이 아빠인데 하면서 가는 날까지 편하게 있다 가기 위해 내 나름대로 최선을 다 해야겠다.

오월의 향기만큼 명주바람도 살갑게 불어오던 날 밤이다. 남편은 회사에 나갔다가 술을 마시고 들어와 당당한 목소리로 아이들을 불러 앉힌다. 소리 없이 흐느끼는 목소리로 "미안하다. 미안해"라는 말을 반복하면서 눈물을 훔친다. 아이들이 깜짝 놀란다. 16년 동안 처음으로 아빠의 눈물을 봤기 때문이다. 남편은 통곡을 한다. 살면서 아빠 노릇 남편 노릇 못한 게 한이 된다며 늦었지만 지금부터라도 할 테니 각자 원하는 점을 말하란다. 옆에 있던 성길이가 롤러를 사주면 일등 아빠라고 하자 기다렸다는 듯이 흔쾌히 대답을 한다. 두 딸은 훌쩍거리며 엄마한테 존경받으라며 방으로 간다. 나 역시 세 아이한테만 잘 하면 더 이상 바랄 것이 없다고 말하자 통곡한다. 가슴을 쥐어뜯으며 모두 날 용서하지 않는다며 서럽게 운다.

성길이가 휴지를 아빠 앞에 갖다 놓고는 지난 것은 무효야 이제부터 시작이야 라는 노랫말을 하자 남편이 웃으며, 그래 늦었지만 지금부터 최선을 하겠다는 남편이 가장의 마음으로 굳게 자리하고 있었다. 연년생 딸아이가 잠자리에 든 남편 머리맡에 편지를 갖다 놓는다. 견물생심이라고 하지 않던가. "언니랑 나랑 아버지의 눈물은 아버지의 설움이요 엄마의 웃음은 16년 동안 흘린 눈물의 꽃입니다. 우리들은 그 꽃의 열매가 되어 아버지의 눈물을 닦아 드릴 때까지 건강하고 알찬 정신을 가꾸면서 우리들을 지켜보세요"라는 짧은 내용이었다. 난 그 편지를 내일 아침 해외로 가지고 갈 《사랑한다는 문제》라는 책갈피에 넣고 잠자리에 들었다.

오월의 아침, 세 아이 등교시간. 따라 나서는 남편의 얼굴에도 찔끔 맺힌 눈물만큼 아카시아 향이 번져 오른다.

석양빛 따라 아이들 얼굴에도 웃음이 가득하다. 남편이 청도에 도착했다는 전화 음성이 살살이 꽃처럼 떨고 있다. 비행기 안에서 딸아이의 글을 읽었는지 아버지의 눈물은 마르지 않을 거라고 말하는 남편을 떠나 보낸 후, 내 가슴도 미어지는 아쉬움에 피눈물을 감춘다.

희생은 이별처럼 아프지만, 아픈 만큼 사랑도 깊어지리라. 아이들 웃음소리에 별빛이 쏟아진다. 아버지의 눈물을 속히 닦아 줄 그 날을 위해 온 밤 내내 기도해야겠다. 사랑은 용서를 낳는다고.

갈색 엽서

늦은 가을. 시월의 옥빛 따라 보도 위로 구르는 낙엽, 그것은 어제의 설움이었다. 나의 뜰 앞, 나뭇가지 위에 마지막 잎새로 떨고 있다. 포플러 나무의 넋을 달래고 있는 듯, 지난 추억을 그리워하고 있다.

나의 유년시절 여름이면 포플러 잎을 겹쳐놓고, 강아지풀로 한 뜸 한 뜸 꿰매어 모자인 양 쓰고 다녔고, 장마철이면 토란잎을 우산 대신 쓰고 다녔던 추억들로 가득 차 있다. 지금은 넉넉한 풍년의 모습에서 바라본다. 그때 그 시절이 그렇게 좋았는데……

지금 퇴색된 저 낙엽을 보고 있노라면 님의 손등 같고 여름밤 허물을 벗어 놓은 매미의 애처로운 모습 같기도 하다. 살을 에는 찬 바람이 불어와도 굳건히 토대를 잘 지킨 주인의식이었다.

갈색 추억, 엽서 한 장만한 낙엽. 그래도 마지막 잎새에 희망의 별명을 달고 흔들어 주던 님의 손길처럼 따스한 인정을 담고 있다. 갈색 추억 빛으로 고운 시를 써서 가장 사랑하는 수희에게 띄우고 싶다.

나를 사랑했던 영아라는 예쁜 친구, 그 가을날 손바닥만한 낙엽의 편지로 써서 내게 주었던 기억이 새롭다. 지금은 빛바랜 엽서로 무너지는 시간이란 책 속에 꽂혀 있지만 그는 멀어져 갔다.

오늘 다시 회상되는 것은 이 한잎 갈색 낙엽 탓일까? 내 자리로 돌아와 너를 부르면 달려올 것만 같은 영아 친구, 가을비 타고 전해 오는 목소리가 아닌가. 생활이 날 속여도 나는 생활에 만족하며, 현실을 진실되게 사랑하고 오늘을 위해 산다는 친구의 목소리, 갈색 엽서처럼 손바닥에 써 주었던 단어는 '영원히' ……. 하지만 불멸의 잔치인 양 갈대 숲의 화음소리는 둥지를 튼 새끼들의 살가운 소리가 아니던가. 그리운 친구여!

갈색 추억 속에 엽서 한 장 유년시절 너와 나의 명찰인 양, 내 가슴 속에 달고 있었단다. 너의 고운 마음씨 담아서…….

아슴아 바람아!

어디서 불어와 어디로 가느냐? 너의 소리는 옥을 스치는 현악의 소리인데 사랑의 은어를 싣고, 따스한 햇살 받으며 네게로 멈춘 바람 속에 엽서 한 장으로 내 마음의 혼불 지핀 이 서정의 사연을 띄운단다. 인내는 근본의 윤리처럼, 내 삶이라고 말하고 싶다. 희망이 있듯이 내 삶의 분주함도 결코 헛됨없이 갈색 추억마냥 희망을 걸어 보리라.

갈색 낙엽이 가엾다. 그러나 과거는 아름다웠고, 한여름 꽃과 잎으로 만인에게 봉사의 쉼터를 제공하였으니, 미래를 위하여 나만의 뿌리로 자기의 영양과 기를 제공하였으니……. 오늘 그의 비참한 모습이 갈색 낙엽으로, 모든 이의 발길에 밟혀 자연의 의미를 상실했다. 성실성의 상실은 생명력의 상실이기에, 모든 것을 기다리는 사람에게 돌아간다고 그랬듯 기억된다. 봄날의 쑥 냄새처럼……

인간의 삶이란 것도 저 갈색 낙엽과 같이 슬픔을 당하기 전, 땀 흘려 가꾸어 노력하지만, 세상만사가 뜻과 상이하여 보도 위를 종종걸음으로 뛰는 모습들, 당하기 전 내 삶의 일터에서 먼 훗날을 위하여, 갈색잎의 덕망같이 비천해도 봄에는 새잎의 희망을 걸어 보리라. 언제나 삶 속에 담겨 있는 아련한 기억의 과거는, 현재의 직관 속에서 예지된 미래를 맞이하며 살아가고 있는 우리들이 아닌가.

그것은 그리움과 신념 인내로써 따라온 긴 그림자가 희망의 빛일 것이다. 희망은 일상의 시간이 영원과 속삭이는 대화이며, 절망보다 격렬하고, 인간의 기쁨도 슬픔보다 격렬하지만 영원할 것이다.

삶의 희망은 태양처럼 빛나지만 꿈은 거센 파도의 물살처럼 바람 속으로 표류되기도 한다. 하얀 사랑으로 겨울 내내 품었던 젖가슴처럼 자연 도식 속에 섭리로 움트는 봄날을 맞아 대축제인양 준비하는가.

물꼬 트는 농부의 손길처럼 수액의 봇물을 끌어올리는 뿌리의 기상에 기지개를 피는 나무들. 떠오르는 태양빛에 소망을 일궈 놓으리라. 세월 속에 달빛 그림자 앙상했던 가지 위에 걸쳐 놓았던 고목나무에도 넉넉한 햇살만 펼쳐 놓는다. 환희의 눈빛과 슬기로움. 잼잼 하는 아가의 손처럼 넋놓고 바라보는 친구의 손에는 정성이 배어 있다. 바람처럼 눈에 보이진 않으나 별처럼 아름다워 혼자가 아니란 걸 침묵 속에 명상을 한다.

신뢰받을 필요가 있는 님에게 사랑이라면, 넘치는 재물은 탐욕으로 지배되어 산다는 것을 느껴볼 때마다 거짓의 옷을 벗는다. 친구의 이해로 우정이라면 어둠 속에 등불이라고 말하리라. 나를 그리워 했던 사람에게 측정할 수 있는 삶의 온도계가 되고 싶다. 참꽃과 개꽃이 피어 있는 봄길에 낙엽의 의미를 반추해 보리라. 맑은 영혼처럼 푸른 잎의 이슬을 받아 대지를 바다처럼, 넓은 가슴을 열고 지성으로 발원하리라.

내가 그리워 하는 친구마냥 기억되는 자의 몫으로 창조하며 추구하는 빛바랜 시간 터널을 닦아 놓고 수회를 기다려 본다. 태양 빛 따라 수줍게 미소짓는 해바라기 꽃처럼 평화롭게 살아가자고 약속하자. 마음 속에 작은 창문으로 욕심을 버리고, 빛 바랜 사진으로 창을 대신하련다. 풀잎에 맺힌 이슬방울 수정보다 아름다워 보인다. 들풀이 웃는다. 내게 인사를 하듯이 들꽃도 나를 보고 손짓한다. 바람에게 고맙다는 듯이 윤회로 거듭되는 만물 속에 빛을 안고 미개되지 않도록 정진하며 살아가리라. 활동의 촉진제처럼 푸른 소나무의 향기는 마음을 다듬고 작은 인정의 웃음꽃으로 너에게 보내준다.

내가 내 자신을 찾듯 영하도 시간 따라 해바라기의 씨앗처럼 튼실한 가정을 다져가겠지. 서로가 바라다만 보는 정신이라면 하늘의 별처럼 들의 꽃처럼 살아가자. 너의 작은 키는 너무 자란 아기양처럼 사랑의 언약을 목에 두르자. 상자는 열쇠가 열고 우리의 마음은 진실로 열리는 친구의 모습을 갈색 엽서에 행복함으로 고리되어 엮어 놓는다.

작은 그릇에 그득이면 만족하는 우리의 마음이 달빛도 담을 수 있잖아. 관용으로 포용하는 마음이 우주보다 넓은 것이지 긴 고뇌와 짧은 기쁨이 행복함을 알 듯이 애처롭던 낙엽은 가을의 소리요 젊은날의 꽃이였지. 인생에는 사랑하며 사는 삶이 가장 아름답듯이 노년의 철학을 엮어가는 햇빛 한 줌에 노을이 진다.

　허연 머릿결을 허공에 빗질하는 초생달, 갈대의 서걱거림에 무수한 빛을 이고 있다. 나는 항성을 바라본다. 성실하게 살아온 뒤안길 갈색 엽서는 살찌는 계절을 맞는다. 보은할 줄 아는 제비처럼 갈색 추억의 향기가 심중에 남아 있어 내 영혼까지, 맑아지는 햇살의 언약까지 어깨 위에서 그네를 타려고 할 때, 시월의 옥빛을 접어 놓는다.

계백이 할머니

흰 눈이 분분히 내린다.

동네 아이들 웃음소리에 창문을 열었다. 몇몇 꼬마 녀석들이 고개를 들고 입을 벌린 채 내리는 눈을 받아 먹는다.

숫돌 이마 같은 계백이와 마늘코 같은 성길이랑 뒷걸음치다가 부딪쳐 나뒹구는 웃음소리가 온 마을에 수를 놓는다.

그 중에 유난히 눈이 작은 송계백이란 사내 아이가 보도블록 위에 누워 있다.

그 아이는 초등학교 일학년이다. 항상 할머니를 앞세워 머리를 자르러 왔다.

몇 년을 잘라주면서도 아이의 엄마를 본 적 없어 오늘은 계백이한테 물어보았다.

계백이 엄마는 얼마나 예쁠까 라고 묻자, 작은 눈을 아예 감으면서 "울 엄마는 굴따러 가서 아직도 안 왔어요." 그리고 돈 많이 벌어서 온다고 했다는 것이다. 계백이는 시무룩하게 앉아 있는 표정으로 보아 꽤 엄마가 보고 싶은 마음이 보인다. 하지만 다른 아이보다는 제법 의젓한 녀석이다. 현재 고모와 할머니 집에서 살고 있는 계백이는 할머니 사랑으로 건강하고 튼튼하게 잘 자라 학교에 다니고 있다. 때로는 계백이 할머니도 속이 상한지 핏대 난다며 애꿎은 손자를 나무란다. 내 새끼 키우기도 힘들었는데 손주까지 키워야 하는 내 팔자가 뉘 집 강아지만도 못하다며 궁시렁거린다.

그것 또한 계백이 삼촌이 서른 살 넘었는데 장가갈 생각조차 하지 않아 더 속상하다는 것이다. 그렇다고 가진 게 있는 것도 아니고 거기다가 계백이 아빠도 함께 살고 있으니 울화가 치민단다. 계백이 할머니는 운명대로 살기조차 힘들다며 어린 손자를 등돌려 놓고 한숨지며 병아리 오줌만큼 흘린 눈물을 치맛자락을 꾹 찍어낸다.

계백이가 성길이랑 놀기 위해 우리 집 작은 방에서 DDR을 하고 있다. 옥구슬 구르듯 또랑또랑한 목소리와 웃음소리를 듣고 있자니 마음만 넉넉한 부자란다. 늘 아이의 눈높이로 키워야 한다는 그 노인의 얼굴에도 잔즐거리는 사랑의 미소가 흐르고 있다. 한참을 무릎 마주하며 나눈 찻상 머리에 지혜가 그득 차 있었던 오후 햇살은 미련이 남아 빈 찻잔에 석양빛 한 잔 차르르 따라놓고 꼬리를 감춘다.

한참을 놀던 두 사내 녀석이 대추 볼처럼 상기된 채, 밖으로 나가는 아이의 발꿈치를 보니 어제보다 한 뼘이나 자란 것처럼 보인다.

두 녀석이 나간 뒤 계백이 할머니는 애써 감춘 눈물이 커피잔에 떨어지자 아들이 장가가서 이혼을 하면 한 집이 망하고 딸이 시집가서 이혼을 하면 두 집이 망한다더니 지금 우리가 그쪽 아닌감 하면서 내 손을 꼭 잡는다. 성길이 엄마를 볼 때마다 며느리 생각이 나지만 세 아이를 혼자서 키우느라 고생이 많아도 아이는 엄마가 키우는 동안 지지고 볶고 아부재기를 할지언정, 내 안에 자식이 소중한 가정이란다. 그렇지만 계백이 할머니는 며느리한테 참고 살기 힘들지만 아이를 보고 다부지게 살라고 누누이 타일렀지만, 계백이 엄마는 아이가 세 살 되던 무렵 시장을 다녀오겠다며 나간 그 길로 아직까지 돌아오지 않는단다. 미리 짐작은 했지만 그리도 매정하게 갈 줄은 몰랐다면서 서러워한다. 그 후 초등학교 입학하던 날 그녀한테서 5년만에 연락이 왔단다.

아들 계백이한테 죄지은 엄마라서 찾아 갈 수도 없고 염치없이 전화했지만 아이가 보고 싶었다며 흐느껴 우는 그녀의 목소리를 듣고 있자니 오장육부가 뒤틀려 수화기를 내려놓았단다. 그녀 역시 찌든 생활에서 벗어나지 못하고 있음을 읽었다 한다. 같은 여자로서는 불쌍하고 괘씸했지만 며느리 탓만도 아니기에 자식 잘못 둔 에미로서 후회했다는 것이다.

그동안 살면서 아들과 싸움이 잦았지만 아들 내외로서는 깨끗이 끝난 상태라 지금은 친정에서 직장을 다닌다는 것이다. 하기사 아들이 술만 먹으면 손찌검이 심했다는데 아이 때문에 참고 살기에는 너무 자신이 비참하여 시어머니가 있으니 맡겨도 안심이 될 것 같아 이혼을 했다는 말도 엊그제 아들한테 들었단다. 계백이 아빠는 술만 먹으면 주벽이 심했다며, 이제 아이를 보니 후회가 막심하여 술을 마시지 말아야 했지만 그게 쉬운 게 아니라며 술에 취한 모습으로 밤을 보낸다고 했다.

그동안 속으로 난 아들도 입다물고 있어 며느리 탓만 했단다. 계백이는 엄마가 꼭 돌아올 거라며 그래도 할머니의 사랑에 외붙듯 가지붙듯 잘 자라 고마울 뿐이란다.

밤이면 손주 잠자는 모습을 보고 달이 녹아 들 정도로 밤새 울었단다. 그 노인도 구곡간장 애태우며 젊은 날을 살았던 자신의 삶마저 모자라 이렇게 사는 것이 내 팔자라며 한탄도 했단다. 계백이 할머니도 세 아이 낳고 올망졸망할 때 교통사고로 먼저 간 남편 없이 서럽게 살았는데, 느즈막히 이런 운명이 오히려 달갑게 생각해야 마음이 편할 것이라며 애줄없이 웃는다.

그 노인은 드문드문 눈물받아 조반을 지었지만 자신의 일생을 감추려고 분홍색 메니큐어를 손톱에 칠하면서도 주책없다는 생각이 들었지만 스스로 자신을 보듬어 살 거란다. 옆에 곤하게 잠자는 손주 녀석의 머릿결처럼 걸림돌 없이 한세상 살아가길 바랄 뿐인데 하루를 보내는 시간이 일일천주 같다며 누구보다 앞질러 겨울 방학을 기다리는 계백이 할머니가 온 밤을 뜬 눈으로 지새우고 아침을 맞는다.

그러나 계백이 할머니는 노인정 가기엔 너무 젊다고 느꼈는지 오늘은 곱게 단장하고 손주 아이 학원에 보낸 뒤, 무도장에 다녀오겠다며 버들 눈썹 그리고 멍매기 걸음으로 멀어져 간다. 초짜드막한 시간에 아픔을 삭혀내지만 군중 속에 고독을 안고 돌아가는 삶의 질곡소리가 살아갈 날의 근심까지는 돌고 도는 물레방아가 아니란 걸 알고 있을 것이다.

물론, 나 역시 인생은 고뇌라며 아픈 마음을 성찰의 시간으로 곱씹어 보지만, 군중 속에 고독함을 감추는 내 자신도 겉포장에 화려함을 덧칠한다.

어제도 오늘도 변함없이 거울 앞에 서 있지만 조약돌 삶아 마신 물맛은 그 누구도 모를 것이다. 남들이 보기엔 팥알 씻어 놓은 것처럼 화려함만 보이겠지만 그 사람의 내면까지

들여다 볼려면 적어도 세 번의 다툼 끝에 묵은 김치처럼 오래 된 친구가 될 것이다.

강산이 두 번 바뀔 정도로 한 우물만 팠다고 본 미용이지만 성길이가 종일반 학원에서 돌아오면 주부의 자리매김으로 돌아갈 때가 가장 행복한 시간이다.

오늘도 어김없이 자정이 지난 나만의 시간 속에서 또 다른 나를 발견한다. 그 모습은 항상 혼자서 달을 쳐다본다 거나 곱게 차려 입은 한복으로 앉아 있는 모습을 보게 된다. 가끔씩 내가 날 보고 있는 순간마다 놀라지만 지금의 내 삶은 생활이 아닌가. 그렇다면 엇박자로 살고 있다고 봐도 과언이 아닌 듯 싶은데…….

창밖엔 소리없이 내리는 흰 눈이 내 설움을 가중시키는 것만 같다. 때로는 포근하게 느껴져 좋다만 녹고 나면 잔해와 축축한 대지가 싫다. 항상 젖어 있는 마음 같기에 차라리 여름이 좋다.

그것은 더위를 쫓기 위해 허연 살결을 태우느라 분주히 오고 가는 바닷가의 아부성이 거품을 토하는 파도에게 사랑을 고백하는 계절이 연인을 부르기 때문이다. 그러나 좋은 여름이라도 휴가 한 번 가지 않는다. 많은 사람들 속에 고독한 모습을 드러내기 싫어 내 모습 아닌 또 다른 가식의 성격을 보여줘야 하므로 차라리 창조자의 몫으로 남아 군중 속의 고독을 스스로 꺾어 놓고 싶다.

하얀 눈길에 노란 잠바를 입고 숫돌 이마를 벙거지로 가려 쓰고 미용실로 걸어오는 계백이 얼굴에 눈물 자욱이 남아 있다. 아마도 할머니한테 꾸중을 들었나 보다. 엄마 아닌 할머니와 병원에 다녀오는 길인데 심한 투정을 부려 꿀밤을 줬더니 엄마 찾아 갈 거라며 앞질러 온 거란다.

할머니의 사랑이 제아무리 크고 넓다 한들 제 어미만 못하겠지만 앞길이 구만리 같은 손주 녀석의 마음을 헤아려 좋아하는 치킨을 시켜야겠다며 손주를 보듬어 주는 조브장한 노인의 어깨 위로 아이의 손등이 보인다. 무지개처럼 활짝 웃는 노인과 아이에게 사랑한다는 말보다는 평화 깃들어 행복한 가정으로 정착하길 빌어 보고 싶다.

호두나무 집 · I

소슬바람 불던 날 오후였다.

그 바람은 먹구름을 등에 지고 달려 와 언덕 위 작은 집 마
당가에 쏟아 놓는다.

"숙아! 산소 마당에 가서 고추 멍석 좀 말아 헛간에 갖다
놓고 명주골 밭에 간 아버지한테 우산 좀 갖다 주고 오너라
꾸물대지 말고 어서……."

어머니는 스레트 지붕 위에 널린 고추를 바구니에 담으면
서 내게 하는 말이 끝나자마자 무겁게 가라앉은 구름을 흔
들어 깨우는 양 천둥소리 내지르더니 장대비가 쏟아진다.

나는 마루 밑에 있는 우산을 들고 아버지가 있다는 명주골
밭으로 달려 갔다. 먼 발치에서 본 아버지는 비료 푸대를 지
게에 지고 성큼성큼 오고 있었다. 나는 우산을 펼쳐 지게 위
에 얹어 놓고 아버지 뒤를 따라 집으로 왔다.

마당 끄트머리에는 아름드리 호두나무가 수호신으로 언덕
위에 작은 집을 지키고 있다. 가을이면 처녀의 젖몽우리만
한 호도가 수줍게 옷을 벗고 잠자는 사나이의 가슴팍 같은

마당 위로 콩튀듯 떨어진다.

세찬 비바람과 함께 떨어지는 나뭇잎이 시나브로 흙탕물을 뒤집어쓰는 걸 보고 있자니 여름 지슬아비의 딸 고운 손도 언젠가는 저와 같이 되겠지라면서 추녀 끝에서 떨어지는 빗물로 손을 씻었던 기억이 새롭다.

충남 홍성 총동에서 독고붕 산자락으로 에워싼 월현리 호두나무집 하면 웬만한 사람은 다 알고 있었다.

그것은 면에서 읍으로 학원을 보내는 부모가 드물었고, 유독 아들만 가르치겠다는 부모님의 정성은 가이 없었다.

초등학교 육학년 때였다. 형제들은 두 세 살 터울이었고 내가 중학교에 들어 갈 무렵 바로 위에 오빠는 고등학교에 가야 했다. 면 단위에 있는 학교보다 읍내에 있는 학교가 좋았다. 그러나 중학교는 면소재지에 있는 것이 좋았다.

여기서부터 3남 3녀의 다툼이 벌어졌다. 아무리 잘 산다고 한들 농사지어 가며 대학생과 고등학교 둘 그리고 중학교와 초등학교 둘을 가르치는 부모님은 강 건너 불 보듯 아들 쪽으로 등불을 밝힌다.

집안에 어른인 할머니도 "지지배 가르쳐서 워따 써 먹어. 시집만 잘 가면 되지, 핵교는 무신 핵교여 오나 가나 지집년 극성에 내 명대로 못 살지 암 그렇지 그럴 거여" 라면서 애꿎은 둘째 손녀딸에게만 핀잔을 장대비처럼 퍼붓는다. 그 목소리는 명치 끝에서 끌어올리는 해갈된 목소리였다. 마침 부모님이 밭에서 돌아와 고춧가루를 헛간에 내려놓으며 상황을 알았는지 나를 방으로 부른다.

"이것아! 너는 딸이니 어쩔 수 없구나. 할머니 호통이 크니 읍으로 중학교를 가거라. 집안이 편해야 에미 마음도 편할 거 아니니."

우선은 꿀먹은 벙어리가 되라는 어머니의 그 말을 따랐다. 벙어리처럼 책이란 책을 나뭇간에다 던졌다. 어머니는 낡아 빠진 대소쿠리 같은 얼굴로 다그친다. 지금까지 에미 속 한번 썩이지 않더니만 날도 구질구질한데 웬 난리니. 숙이가 참아라 참자고…….

하지만 말 못하고 우는 심정은 서럽디 서러웠고 홍성 다리 밑에서 주워 온 것이 분명하다 싶어 외롭고 쓸쓸하다는 생각만 컸다. 아버지는 묵묵히 날 바라보며 담배만 태우고 긴 한숨소리만 가중시킨 뒤 고개만 저으며 말없이 자리를 떠나 텃밭으로 가시는 발걸음이 무겁게 느껴졌다. 그러나 할머니의 성화보다 엄마의 설득으로 20리가 넘는 읍으로 중학교에 들어갔다. 공동묘지를 가로질러 3년을 다녀야 하니 오빠와 동생이 있다는 게 너무 싫었다.

순간의 선택이 평생을 좌우한다는 말처럼 잘못된 선택도 인생의 반은 선택되었다고 생각까지 했었다. 아랫마을 친구와 첫 새벽 이슬 털며 다녔던 여름날 오후 장대비가 그칠 줄 모르게 쏟아지더니 6교시쯤 되자 그치는가 싶었는데 창문에 어렴풋이 아버지의 모습이 보였다.

먼 길을 한 걸음에 달려 왔다며 우산을 건네주고 기다리는 아버지와 함께 한 뜻밖의 하교길이 즐거웠다. 늘 공동묘지를 지날 때마다 남학생이 묘 뒤에 숨었다가 튀어나올 때 놀라 주저앉은 날이 많았기 때문이다.

그러나 아버지의 발걸음 소리는, 무쇠솥 닦아내는 듯한 그 소리는 흰 고무신에 빗물이 들어가 묵은 때 벗겨내는 아버지의 삶의 일부분을 보았기 때문이다.

동리 앞에서 친구와 헤어지자, 아버지는 나와 발걸음을 맞추면서 "이것아! 사람이면 다 사람이냐, 인간답게 살아야지.

년 이 다음에 심성 고운 여자로 잘 살거라" 하던 한 마디는 먼 길을 말없이 다니기에 한 말 같았다.

그렇다. 아버지는 처음으로 우산을 갖다 준 자식이 처음이었기 때문이다. 언덕 위에 닿자 호두나무가 둘째딸인 날 반기듯이 세찬 비바람소리가 유난히 크게 들렸다. 육남매 중 아버지의 사랑은 컸지만 배움의 샘터에서는 말이 없었다.

아버지는 세 아들과 막내딸을 대학까지 가르치고 언니 시집 보내던 날 그리 섧게 울더니만 마음도 여위어 가는지 자식은 다 같은데 에비 노릇 반 밖에 못했는데 더 이상 기력이 없다던 아버지, 그러나 손자들은 모두 나름대로 전공을 살려 잘 살고 있어 큰 걱정은 없다던 할머니가 돌아가시던 날 첫 딸 시집 보내는 눈물보다 더 진한 사랑은 아마도 아버지 역시 할머니의 아들이기에 아들 노릇 다하지 못함을 비롯해 통곡하는 걸 보니 순간, 내 형제, 오빠와 동생을 생각했다.

아버지 아들도 아버지처럼 저렇게 간절한 소망을 열어 달라고 소원하며 울 거라고 말이다. 하지만 아버지는 선산이 있어도 할머니의 묘자리는 명당이 아니라 하며 더 슬피 우는 모습이었다.

할머니의 죽음은 긴 병이 아니었다. 옆 집 고모 할머니 생신 날 아침을 드시고 오시더니 배가 아프다는 한 마디 하시고 그렇게 돌아가셨다.

그러나 한 치 건너 두 치라고 손녀딸이었지만 살아 생전 할머니의 말 한 마디가 지금도 귓가에 쟁쟁하게 들려온다.

여자 팔자는 뒤웅박 팔자라던 그 한 마디가 손주딸은 애물단지였고, 벙어리 냉가슴 앓듯 소죽은 귀신처럼 아버지를 보고 오빠와 남동생을 생각했다.

배운 만큼 효도할까, 가르친 만큼 잘 살까 하면서 효도 못

다한 할머니의 죽음 앞에선 아버지도 아들 몫을 다하지 못
하고 있음을 가슴 뭉클하게 느껴 왔다.

손자들은 할머니의 사랑을 받으며 배운 만큼 소쩍새보다
도 더 슬프게 울고 있었다. 그 울음소리는 배움보다도 사람
의 도리를 말해 주는 듯한 그 해 가을 날 호두나무 위로 먹
구름이 달려와 졸고 있다.

호두나무 집 · II

떡비가 내리는 아침이다.

밤새 졸고 있던 먹구름이 오이씨 같은 버선 발을 묶어 놓는다. 까마귀 같은 손자와 백조 같은 며느리의 모습은 텃밭의 감알처럼 붉은 눈동자가 굳게 닫힌 내 마음을 활짝 열어 놓는다.

그것은 육남매 중 비교적 배움이 짧은 만큼 미용기술로 약간의 돈을 모아 놓은 게 있기 때문이다.

할머니의 죽음은 예고 없이 닥쳐 왔지만, 아버지의 대책은 하늘을 뚫어서라도 묻고 싶다던 그 한 마디가, "뒤웅박 팔자도 못 되는군" 하면서 틈틈이 모아둔 결혼준비 자금을 몽땅 아버지께 드렸다. 아버지는 나를 꼭 안으면서 애비가 잘못했다. 용서해다오. 애비도 아들 노릇 제대로 못하고 보내주는 오늘 같은 심정을 넌 알겠니 하면서 손을 꼭 잡아 주던날 무겁게 가라앉은 구름이 걷히고 엷은 햇살이 온 누리에 부챗살처럼 비친다.

그 햇살처럼 따뜻한 마음 한 자락 남기고 직장관계로 남편이 떠나는 그 길을 따라 가지 못하고 뒤 돌아서서 올 때 마당가에 국화향기가 지금도 코 끝에서 묻어 나는 것만 같다.

넉넉한 햇살을 받으며 오일장을 치르고 아버지한테서 연락이 왔다. 비워낸 가슴보다 채워진 둘째 딸 마음을 사고 싶다던 아버지의 음성은 가늘게 떨고 있는 듯 들렸다. 몇 번이고 되풀이하던 한 마디는 자식도 자식 나름이고 배운 아들은 든든한 기둥이지만 지붕은 딸밖에 없다던 아버지도 할머니께 아들 노릇 못한 점으로 보아 후회를 하고 있는 인생살이라며 긴 한숨소리만 깊어 가는 가을 밤, 기러기떼에게 전하는 모습이 눈 앞에 선하게 그려졌다.

언덕 위에 작은 집은 소나기 지나자, 무지개 떠오른 하늘처럼 자식들도 제 갈 길로 떠나 행복한 가정을 꾸미고 늘리고 키우는 세 명의 자식들을 바라보시며 흐뭇해 하시던 아버지의 모습은 늘 같았다.

그러나 작은 오빠 결혼한 지 3개월 후, 뒤웅박 팔자인 둘째 딸이 시집가던 날은 그저 덤덤한 모습으로 나를 바라보시더니 "잘 살아라" 한 마디만 남기고 떠나는 아버지의 눈빛은 뭔가 잃은 듯한 느낌이었다. 나 역시 성남은 86년에 첫 발을 디딘 곳이다.

그 후 1주일 쯤 지나자, 아버지가 쓰러져 중풍이라며 가슴이 찢어질 듯한 어머니의 음성을 듣고, 매몰차게도 출가외인이라고 하자 어머니 역시 둘째딸이 열 아들 부럽지 않다며 다녀가라는 것이었다. 결혼한 지 일주일만에 아버지를 보니 말없이 모든 것의 용서는 사람의 일이라는 한 마디만 하고는 등돌려 울고 말았다.

배우고 잘 사는 아들들은 바쁘다는 일로 밤늦게 도착하여 날 보더니 죄지은 사람처럼 그냥 지나친다. 그것 또한 반년

만에 오빠와 나의 결혼 비용으로 신경성이다. 번갯불에 콩 볶듯 시집을 보낸 딸을 생각했다는 것이다.

아버지의 모습은 날로 거동이 나빠지면서 자리에 누운 지 3년이 지나자 등창이 나고, 그 후 3년이 지나 6년이 되었을 때 뇌사 상태로 3년을 버티어 9년을 암흑 속에서 살다 가시던 날은 고추가 익어가고 매미 소리 목청 높여 내 설움을 토하는 그 날이었다.

아버지는 할머니 곁으로 갔지만, 둘째 딸로서는 마음이 편했다. 그것은 결혼 비용이 할머니 명당을 마련한 그 곳에 묻혔으니 그 당시 할머니를 명당으로 모신 그마음을 아버지를 양지바른 곳에 묻고 돌아 온 봉분만큼 무겁지만 날이 갈수록 새털처럼 가벼움을 어찌 말로만 할 수 있을까.

가르침은 적게 받았지만 자식의 도리는 작으나마 떳떳하게 했다고 느껴질 때 아들이고 딸이고 간에 배우겠다는 자식은 가르쳐야 하지 않을까 싶다.

지금 유년의 기억 속에 묻혀온 세월을 젖은 빨래처럼 펴 말리면서 뒤돌아 본다. 아들은 더 잘 살겠다고 남은 재산을 팔아 사업 번창하지만 홍성에 홀로 계신 어머니는 부모 노릇 못해 할 말이 없다며 나에게는 무소식으로 일년을 기다린다. 명절날만 볼 수 있는 못난 둘째딸이 한량없이 고맙다면서 눈물 섞인 음성조차 여윈 세월이 어머니의 마음일 것 같다.

어머니의 자리를 지금 하고 보니 여자 팔자는 뒤웅박 팔자라는 말을 되새겨 보면서 타국에 있는 남편한테 전화 올 그 날을 기다리며 보약을 지어 부쳐야겠다. 그것은 어머니가 네게 해 준 말이 떠오르기 때문이다.

제 아무리 못난 남편이라도 함께 살아야지. 자격지심으로 느껴지는 것은 주위에서 얕보는 것 같다는 말이 뜨거운 여름날처럼 시선이 모아지는 이유일 것이다. 나 또한 중년이 되어 형제들을 생각하면 할수록 고마울 따름이나 못 사는 것보다 잘 살으니 들리는 소리조차 편안함을 알 때 행복하다고 말한다.

오늘은 친정 어머니한테 용돈을 부쳐주는 날이다. 언제부터였는지 매달 말일 날 부치곤 연락을 하지 않는다. 용돈보다 찾아뵙지 못하기에 염치가 없음을 알고 있기 때문이다. 세 아이와 직업상 이리저리 미루기만 했던 지난날이 죄스럽다. 일주일 후 아버지 기일날 갈 거라고 편지를 써야겠다.

유년의 기억으로 언덕 위에 작은 집 호두나무는 어머니를 지키는 수호신으로 족제비와 다람쥐의 놀이터로 내준 지 오래 되었다는 말을 들었을 때는 손주들 재롱처럼 바라보고 있을 때 어머니의 허연 머릿결은 성난 파도처럼 일어설 테고, 어제 못다 말린 고추, 오늘 말리면서 어머니의 젖은 세월도 말리겠지. 그저 자식만 잘 살면 불 속이라도 뛰어 들겠다던 어머니의 마음은 아버지의 영혼으로 새벽보다 먼저 일어나 호두나무 위 까치소리 들릴 때가 행복한 하루가 건강을 찾아 주는 것 같다며 오늘도 달빛을 이고, 호두나무 집 둘째 딸이 보낸 용돈으로 어둠을 밝히는 전기료와 행복을 짜깁기하며 건강한 하루를 값지게 살았다는 목소리를 전하는 전화료를 냈다며 부천 언니한테 전화가 왔었다.

호두나무 집 둘째 딸은 호두알처럼 주어진 삶을 소중하게 살아가니 행운의 여신이라는 별명을 달아 준 그녀의 가정에 날마다 행복하길 빌어본다.

장화 신던 날

　우유빛 안개를 마시고 일어선 태양, 그 햇살을 짊어지고 온다는 남편의 소식으로 가슴이 설렌다.

　남편은 외국에 나간 지 6개월만에 일주일간 첫 휴가로 허전했던 내 마음이 채워질까도 의문스러웠다. 하지만 청도에서 오는 중이라는 또 한 번의 전화 목소리 들으니 암난이처럼 잉큼잉큼 뛰는 마음이 새털보다 가벼운 기분이다.

　그 느낌을 감추지 못하고 촛불처럼 환한 미소가 꽃망울처럼 피어나는 아침이었다. 직장으로 향하는 발걸음이 사르릉 살짝 넘어 왔는지 거울 앞에 서 있다.

　나른한 오후가 되자, 미용실로 도착한 남편은 날 보자마자 고생이 많았어요 하면서 섣부른 포옹을 해준다. 나 역시 남편이 보고 싶어 눈에서 진물이 났다고 하자, 머쓱해 하면서 웃는 남편의 그 얼굴에 코가 데뚝하게 보인다.

　손님들이 들어오자 일찍 들어오라는 말 한 마디 잘라 놓고는 집으로 가는 뒷모습이 여윈 듯했다.

　기분 따라 손길 따라 즐겁게 일을 마치고 창 밖을 내다보니 험상궂은 먹구름이 달려오고 있었다. 무거운 체중을 이기지 못하고 주저앉더니 소낙비가 국수가닥처럼 쏟아진다. 가로등 불빛 사이로 내리는 빗줄기는 퉁퉁 불어터진 우동처럼 떨어지고 창문마다 안전하게 밝혀진 불빛은 젖은 희망을 말리는 것처럼 보였다.

신록의 계절만큼 녹즙을 짜내듯 싱그러운 느낌이 들어 서둘러 퇴근을 했다.

젖은 땅을 메마른 기분으로 걷다가 문득 스치는 생각으로 동네 약국에 들렀다. 약국 안에는 몇 명의 손님이 차례를 기다리고 있었다. 하지만 다급하게 약사를 불러 두 손으로 내 입을 가리고 "장화 한 켤레만 주세요. 비가 와요. 남편이 왔어요." 하자 "어 그래요. 그런데 이를 어쩌나 오늘따라 비가 와서 그런지 다 팔렸는데 어떡하죠. 오는 날이 장날이라더니 눈치없이 비가 내리네. 내일이면 충분히 갖다 놓을 텐데." 오늘밤만 마른 장마로 열기만 식히라며 재치 있는 답변으로 말꼬리를 자른다. 붉은 자두보다 더 붉어진 내 얼굴에 잔즐거리는 미소로 답하고 그 곳을 빠져나와 집으로 왔다.

셋째 아이 성길이가 마냥 즐거워한다. 남편도 어설픈 행동으로 보아 내 집이 편안함을 느끼나 보다. 하지만 서리맞은 병아리처럼 움추려 있는 아내를 본 남편은 시무룩해진다.

남편은 보이지 않아도 정신은 무겁고 생각만 앞질러 아이들이 보고 싶었단다. 육체는 편해도 정신은 가라앉아 밤마다 술로 고향생각을 잊고 지냈다고 한다.

술을 마시면 쿨쿨 잠을 자니 조금은 위안이 되었단다. 그러나 내 생각으로는 술로 쿨쿨이 아니라 슬로 슬로우 퀵퀵이 아니었을까 라는 엉뚱한 생각도 없지 않아 서리 담아둔 생각이었다.

세 아이가 곤하게 잠든, 시간은 자정을 알린다. 남편이 방에서 뭔가 찾고 있다. 이 밤에 무얼 찾느냐고 말하자 우리가 한 마음이 될 때 융단 위에서 필요한 깔개 돗자리가 없다는 것이다.

그것은 5년 전 엑스 언니로부터 선물 받은 융단이었다. 꼭 필요할 때만 쓰라고 두 장을 해준 기억을 잊지 않고 있었던 남편이 맥없이 누워 있다. 모처럼 상기된 마음을 가라앉히고, 내일이면 예쁜 장화를 갖다 놓는다고 약사가 말했다 하자 눈치를 채고 애꿎은 이불만 탓한다

주위가 조용한 침묵 속에 빗소리만 굵어지고 창문을 두드리는 바람소리가 우리의 사랑에 해살부리듯이 빗물도 지쳐 뜨락에 드러눕는다. 오늘따라 도촌동 길을 가르는 자동차의 소리가 유난히 짜증스럽게 들린다.

밤을 설친 탓에 새벽에 일어났다.

눈부신 아침 햇살이 부챗살처럼 퍼진다.

넓은 창너머 가로등이 꺼지고 달리는 차량들 소리가 아침을 열어 놓는다.

오늘도 반복되는 일상의 굴레에서 벗어나기란 정말 힘이 든다고 생각했다. 세 아이가 동으로 서로 등굣길에 나선다.

먼 훗날 거북이 등 같은 가방을 내려놓을 때 이 사회에 한 일원으로서 빛과 소금이 될 아이들로 자라나길 빌어 본다. 그 중 막내 성길이가 아침마다 외우는 게 있다.

"노력하는 어린이, 남들이 잠을 잘 때 나는 일어나고 남들이 걸어가면 나는 달려가고 남들이 한 방울의 땀을 흘리며 노력할 때 나는 두 세 방울 땀이라도 흘려서 장차 우리나라를 당당하게 이끌어 나갈 훌륭한 지도자가 될 것을 엄마 앞에서 굳게 약속합니다." 큰소리로 외우더니 성길이는 오백

원 주세요 하면서 유치원에 다녀오겠다며 나간다.

한참을 듣고 있던 남편이 애살포시 웃으며 오늘은 장화를 꼭 사다 놓으라며 시댁과 처갓집에 다녀오겠다면서 나간다. 다른 날보다 분주했던 아침 서둘러 치우고 직장에 나갔다. 6개월 동안 빈 자리보다 채워진 가장의 자리가 있어서 그런지 내 마음이 넉넉하고 편안하다.

오랜만에 다섯 식구가 외식을 했다. 내일이면 남편이 온지도 오일이 되는 날이자 휴일 날이다. 남편과 함께 외국에 가져갈 물건을 샀다. 모처럼 탄천을 거닐며 그 동안 쌓아 두었던 옛 이야기를 깨알처럼 쏟아 놓았다. 달빛이 머리 위에서 부서져 내릴 것만 같았다. 한참동안 나눈 이야기. 연로하신 부모님 걱정으로 나날이 초조했다며 없는 동안에 안부라도 자주 전하라며 애원을 한다.

별빛이 졸고 있다. 집으로 돌아오는 길에 회사 친구를 만난 남편은 술 한 잔 나누고 들어오겠단다. 삼경이 지나서야 들어와 술로 쿨쿨 잠이 들었다. 하기사 마른 장마에 무슨 장화는 장화야 하면서 성길이 옆에서 잠이 들었는지 깨어 보니 아침이 밝아 오고 있었다. 성길이랑 출근길에 나섰다. 강아지풀을 뜯어 간지럼을 태우자 맑은 햇살을 잘라 놓는다.

진한 녹색 잎들이 윤기가 흐른다 비가 씻겨준 자연의 상큼함이 가슴까지 시원하다. 성길이가 유치원차에 오르자, 약국에 들렀다. 마침 아무도 없어 다행이다.

약사는 말없이 웃으며 장화 한 켤레를 진열장 위에 내놓는다. 아쉬운 대로 쓰라며 오늘밤에도 비가 온다던데 마음껏 그네를 타라며 박카스 한 병을 따준다.

내일 아침 떠날 남편을 위해 오늘밤은 사막의 나라에서 선인장 꽃을 꺾어야겠다고 반나절 근무만 하고 퇴근을 했다.

찜통더위 속에 밤이 익어가고 비가 내린다. 성길이가 자전 거를 사달라고 조른다. 급한 듯이 아이와 나가더니 자전거를 사 가지고 왔다. 성길이가 즐거운 마음을 가득 안고 잠이 들었다.

내일 아침 가지고 갈 가방을 밀쳐 놓더니 불을 끈다. 남편이 장화를 찾는다. 비에 젖은 아내의 모습에 신었던 장화를 벗으며 긴 장마가 이어질 거라며 샤워를 하고 잠자리에 들었다. 내일 가면 언제쯤 장화를 신어볼까. 아마도 6개월 후에 신어 볼 장화 한 켤레를 미리 준비해야겠다.

지금도 비오는 날 약국 앞을 지날 때면 웃음이 나온다. 장화 신던 날 밤, 소낙비가 내렸고, 남편이 청도로 떠나는 날 아침도 비가 내려 장화 한 켤레를 신켜 보냈다. 오후에는 뜨거운 태양의 수혈을 받아가며 아내의 자리를 꽃피워 진한 사랑으로 세 아이를 보듬어 주어야겠다.

나를 깨운 스타

  낙엽 밟는 소리가 희미하게 들렸다. 꿈인지 생시인지 알
수 없었던 어둠 속에서 눈을 떠 보니 거실에서 잠을 자고 있
었다. 내실은 찬물을 끼얹은 듯 조용했다.

  이불 속에서 정신을 차리고 생각을 해 보니 아이들도 없었
다. 그렇다면 그 소리는 어디서 나는 걸까. 온 몸에 오글오
글 소름이 돋고 눈빛만 집안을 밝히듯이 창 넘어 달리는 차
량의 불빛만 내실에 검은 그림자를 들여놓고 쏜살같이 사라
진다. 어디선가 들리는 소리는 더듬어 찾는 듯했다. 오그라
진 내 마음은 쿵덕거리면서 뛸수록 눈동자만 천장 위로 굴
러다닌다.

  젖은 듯 눈을 감고 잠들기 전 생각을 해 보았다. 간 밤에
모처럼 혼자 갖는 시간은 16년 만에 처음이었다. 누누이 혼
자 있고 싶다는 걸 피부로 느끼자 조자누룩해지는 생활이
전부가 아니란 걸 느꼈다. 하지만 주위 친구들이 술 한 모금
도 못하니 대화가 안 된다기에 퇴근길에 소주 한 병을 사들
고 와 한 잔 한 잔 마셔봤지만 온몸이 널브러지는 느낌으로

쓰러져 잠들었던 기억뿐이었다.

　그렇다면 안주는 누가 먹고 있는 걸까. 이런 저런 생각을 모아 봤지만 혼자라는 사실로 불안과 초조함에 마른 침을 삼키자 쿵 하는 소리가 더욱 놀라게 했다. 거실 한쪽에 놓인 자명종 시계의 푸른 힘줄이 굳게 뻗어 있는 걸 보니 새벽 4시였다. 하루 종일 힘들게 일한 후 손등을 보면 굵은 힘줄이 툭 불거져 보이는 것처럼 선명했다. 상반신을 일으켜 벽에 기댄 채 소리나는 쪽으로 귀를 기울였다. 그 곳은 TV 옆에서 나는 소리가 분명했다.

　이 밤에 각설이가 온 것도 아닐 텐데 깡통 두드리는 소리가 집안에 엷게 퍼지자 잠은 달아나 맑은 정신으로 생각해 보니 막내 성길이의 깡통 저금통에서 들렸다. 겨우내 움츠렸던 몸을 털고 일어나 후레쉬로 구석구석 밝히자 보이는 것은 아무 것도 없었고 노란 깡통만 덩그러니 있는 게 아닌가. 그 속에는 동전 세닢과 색연필 두 개가 꽂혀 있었다.

　한 순간 쓸데없이 술을 배우겠다고 시도했던 것이 단잠을 깨웠다며 이불 속으로 들자 깡통 떨어지는 소리에 간이 떨어진 느낌이었다. 도대체 무엇이 날 놀리는 거야 하면서 훤히 불을 밝히고 주위를 보니 깡통이 데굴데굴 굴러 식탁 의자에 걸려 멈추자 긁적거리는 소리가 끊이질 않아 깡통을 바로 세우자 그 속에는 작고 귀여운 쥐새끼 같은 햄스터가 웅크린 채 고개를 들고 큐빅처럼 빛나는 눈으로 날 유혹하고 있는 게 아닌가.

　이걸 죽여 살려 쬐그만한 게 16년만의 시간을 방해했으니 재주나 부리며 깡통을 이리저리 굴려가며 그 속을 들여다 보니 쳇바퀴 돌 듯 내 삶의 일상을 말해 주는 것 같았다. 나를 깨운 스타는 햄스터. 널 키워 줄 거야. 그러나 어떻게 이

곳에 와 있었지. 도무지 알 수 없는 일이다. 귀여운 녀석 넌 내 친구야.

베란다 구석에 놓인 작은 어항이 있어 그 곳에 임시 키우기로 했다. 작년에 딸내미가 옥잠화랑 열개죽을 키우며 관찰했던 어항이 제격이다. 생각보다 싱거운 두 시간 동안의 투쟁이 허무했다.

이 방 저 방을 열어봐도 혼자였다. 이럴 때 해외에 나간 남편이라도 있으면 얼마나 좋을까라고 생각했지만 보이지 않는 안방마님의 빈 속은 늘 외로웠지만 아롱다롱 세 아이들이 있어 아부재기로 채워졌던 긴 시간들.

문득 아이들이 보고 싶다. 하지만 손주들 보고 싶다며 어렵사리 보냈는데 오라는 말 밖에 나오지 않을 것이 뻔한데 하면서 내 직장으로 향하는 정신을 가슴 높이만큼 열어야겠다.

내 생활에 있어서 조자누룩해지는 하루가 삶이 아니란 걸 새삼 느꼈다. 그것은 아침도 거르고 미용실에 나와 거울을 닦으며 빈 마음 속에 되새겨지는 마음 하나가 더 있다. 혼자는 외로워 둘이란 것을……. 하지만 미용실을 떠나선 사람이 싫다. 소음도 싫다. 어둠 속에서 석달 열흘 잠이나 실컷 잤으면 했는데 하루만에 아이들이 보고 싶어지는 걸 보니 엄마라는 명칭이 앞으로 살아가는 데 좌우된다는 것이다. 하나도 아닌 세 아이를 어둠 속에서 헤매일 때마다 밝혀 주는 등불 같은 모성애가 이렇게 크다는 걸 비로소 느꼈다.

그러나 날 깨운 햄스터는 혼자라 외롭지 않을까. 그런데 언제 어떻게 우리 집으로 왔을까. 그래 맞았어 열흘 전 퇴근하고 집에 가니 당근 조각, 배춧잎 바구니, 그리고 매미채 비닐봉지 속에 햄을 넣고서 뭔가가 기다리던 분위기였는데 이미 아이들은 햄스터가 집안에 있다는 사실을 알고도 숨겼던 것이다. 다짜고짜 무슨 짓이냐고 물어도 성길이가 그랬다며 말허리를 잘라 언니 동생이 공처럼 받아 넘겼던 기억이 난다.

성길이가 늘 크리스마스 때 선물을 아지로 해달라고 밤마다 하늘을 보고 기도하더니만 친구한테 얻어 왔는지 사뭇 궁금하다. 하지만 시댁으로 전화해 물어볼 수도 없다. 묻는다면 쪼르르 달려 올 것만 같다. 시부모님께 애들이 더 크기 전에 일주일만 보내라고 사정하여 보냈기에 섣부른 언행은 삼가야 옳은 듯 싶다.

일주일 후, 아이가 오면 얼마나 좋아할까. 아지 대신 햄스터를 잡았으니 아지형 선물로 생각했다. 아이가 말하는 아지는 강아지였다. 두 누나와 8년 차이가 나자 뭐든지 반대라서 성길이가 심심해 하던 중 강아지만 있으면 좋겠다고 노래를 부르다가 할머니가 사 주신다고 하니 할 수없이 갔는데 할머니도 무슨 강아지냐고 되묻는다. 똥 강아지보다 금자둥이 강아지만 있으면 된다는 말이다. 마음 속으로는 사주기는커녕 성길이만 보살피다가 말 것이라 모란장에 가서 물었더니 아이가 원하는 것은 오십 만원이 넘는단다. 개 값이 왜 이리 비싸다는 말 한 마디 남기고 왔는데 꿩 대신 닭으로 생각을 바꿨다. 아지는 햄스터로……

10년 전 큰애가 강아지만 보면 따라 다녀 어두워져도 안 보이길래 찾았더니 신흥동 개장수집 앞에서 묶어놓은 강아지를 만지고 있었던 기억이 난다.

개장수 주인 아주머니가 보기 딱할 정도로 강아지를 예뻐하고 집에 갈 생각도 않는다길래 낳은 지 일주일 된 새끼를 아이한테 주자 그때서 엄마한테 전화하라고 입을 열었단다.

그 곳으로 달려가니 강아지 새끼를 안고 있는 내 새끼를 업고 가로등 불빛 사이로 언덕배기를 넘어와 잘 길렀다.

그 후 강아지가 개가 되어 아이가 유치원 간 사이 친구 집에 줬다. 아이가 보채고 병이 났지만 얼마 후 그 개가 죽었다는 소식을 듣고 이젠 강아지는 키우지 않겠다고 생각했었다.

마음 속에 아픔 하나 빼내기란 쉽지 않기에 항상 푸른 화초처럼 세 아이만 키우기로 했다.

한 해가 저문다. 사랑의 노래가 들린다. 행복을 찾았다고 말한다.

고당 가는 길

해도 달도 삼켜 버린 8월, 난폭하게 내뿜는 열기가 도시를 삶는 듯 맹렬하다.

어제 밤잠을 설쳤는데도 첫 새벽에 일어났다. 금빛 칼날이 마루에 꽂힌다. 벌써부터 정열로 일어서는 태양. 오늘은 누굴 삶으려고 저렇게 열정적으로 버티는가.

서둘러 집안 일을 치우고 오랜만에 여유로운 시간을 갖는다. 삼복더위에도 이열치열로 뜨거운 커피 잔을 식탁 위에 놓고 명상의 말씀이란 테이프를 틀었다. 한참을 듣다 보니 전화벨이 울려서 받았건만 이내 끊어진다. 커피 잔을 비운 뒤 햇살을 담아 입맛을 다셔 봤다. 다시 벨이 울려 받았다. "거기가 어디세요"라고 묻길래 "천당인데요" 하자 "이 계집애야 천당 좋아하시네. 나 점숙이인데 아침부터 궁상의 말씀을 듣고 있는 널 생각하니 안 봐도 뻔하다"며 지금 찾아갈 테니 청승떨지 말고 있으란다. 친구 점숙이와는 큰 이이 유치원 때 알았고, 지금 그녀는 의정부에서 하숙집 아줌마로 불려진다고 한다.

큰 아이가 중3이니 10년 넘은 친구다. 나의 경우는 미용실을 하고 있어 4살 때부터 유치원 보냈고 그녀 역시 직장에 다니므로 같은 처지였다. 서로가 연년생 딸을 둔 것도 같았고 다만 미용실을 한다는 것만 다를 뿐이었다. 그때 그녀는 시청 위쪽에 살았었다. 항상 퇴근길이면 빵이든 떡이든 두 개를 사와 하나를 주고 가던 친구였고, 휴일 날이면 밑반찬을 해다 주기도 하고 내 아이들을 데리고 놀이동산에 갔다오기도 했던 고마운 친구 중의 친구가 모처럼 온다니 반가울 수밖에 없다. 나 역시 늦둥이 아들을 키우며 살림만 하겠다고 분당으로 이사한 지도 8년이 넘었다. 그러나 살림은커녕 다시 일터에서 일상을 보내는데 오늘은 휴일 날이다.

아들 녀석도 1학년이 되었다. 즐거운 학교생활로 잘 자라고 있어 정말 고마웠다. 방과 후 미술학원에 갔다가 오후 7시에 오기도 하지만 피곤함도 즐겁다는 녀석이 대견스럽다.

이 때나 저 때나 아무리 기다려도 온다는 친구는 아니 오고 태양만 중천을 넘어가고 있는데 연락이 없어 사뭇 궁금하다. 어느덧 푸른 나뭇잎들이 숨을 내 쉬는 양 미풍에 흔들리고 긴 그림자만 가냘프게 옹송그려 떨려 있었지만 노을빛에 생기가 돈다.

정자나무 아래서 그녀를 기다려도 보이지 않아 저녁을 준비하는데 전화가 왔다. 성남에 도착하니 또 다른 친구들이 반갑다며 놔 주질 않아 이제 갈 테니 저녁은 점숙이가 살 테니 매화마을 입구로 나와 있으라는 말이다.

대충 저녁상을 봐 놓고 매화마을 입구에 나갔더니 그녀가 택시를 타고 막 도착했다. 택시 창문을 열고 내리더니 이게 얼마만이니, 세월은 머리 깎듯 깎을 수 없나 보구나라던 점숙이 말이다. 나도 택시를 탔다.

그녀의 친구도 내 친구이기도 한 친구와 같이 온 게 아닌가. 정말 반가웠다. 차창 밖으로 손을 내밀어 악수를 한 뒤 차에 올라탔다. 성남을 떠나 야외로 나가자는 점숙이 말에 고당리로 가자던 친구 말에 따랐다. 매화마을에 출발해 가다 보니 영상사업단 길로 들어섰다. 엷은 노을 빛 사이로 간간이 보이는 길가에 코스모스가 피어 있었다. 차안에는 여자 넷이서 룰루랄라 뽕짝 노랫소리에 몸신고 달리지만 내긴 머리가 쭈뼛한 느낌이 들었고 온 몸에 소름이 끼쳐 굳어 있었다. 한참을 돌고 돌아 그곳을 빠져 나왔다. 고당리라는 이정표가 눈에 띄자 가까운 곳에서 저녁을 먹자며 모두 차에서 내려 걸었다.

멍청해 보였던 나를 본 친구들이 왜 그러냐고 묻는다. 아무 말 없이 식당을 찾는다고 하자 은경이라는 친구가 돼지 한 마리라는 가든으로 가자고 내 손을 이끈다. 그 곳에서 맛있게 저녁을 먹고 한참동안 수다를 떨다 9시쯤 되어서야 그 식당에서 불러주는 택시를 타고 오던 길로 돌아가게 되었다.

여름 밤하늘을 보니 별빛이 다른 날보다 더 반짝이며 나를 지켜보는 느낌이 들었다. 택시 안에는 조용한 음악이 흘러 영상사업단 산자락에 깔아 놓는다. 어둠을 가르는 택시 앞을 가로막는 듯한 느낌과 뒤에서 누군가가 나를 부르며 달려온다는 느낌도 들었다.

한 달 전 일이었다. 도촌동 양지마을 터주대감으로 살아가는 한 중년남자는 나의 미용실에 5년 동안 단골손님이었다. 늘 그 남자는 머리를 길게 자른다. 그것도 20일만에 아내와 같이 오토바이를 타고 다녀가곤 했었다.

그러던 어느 날, 혼자 와서는 짧게 커트를 해달란다. 난 의

아했다. 몇 년 동안 보기 좋게만 커트하더니 왜 그러냐고 물었다. 너무 자주 자르게 되어 돈도 많이 들고 이제 귀찮아서 그런다는 말뿐이었다.

처음으로 깡뚱하게 잘랐다. 맘에 든다며 다음에는 좀 늦게 올 것이라는 중년남자, 그렇게 가더니만 영상사업단 도로에서 교통사고로 다시는 올 수 없는 길로 갔다는 말을 들었기 때문이다. 짧은 머리가 아직도 길지 않았는지 그 뒤로 볼 수도 없었다.

그리고 며칠 전 일이었다. 이글거리던 한낮에 한 통화의 전화가 걸려 왔다. 경찰인데 아무개를 아느냐고 묻는다. 생각 없이 모른다고 끊었다. 한참 바쁜 시간이었기에 신경 쓰지 않았다. 다시 전화가 왔다. 미용재료상 조성수씨가 아무개가 죽었다는 말이다. 그곳이 어디냐고 묻자 남한산성 주차장이란다. 심장마비로 간 것 같으니 올 수 있으면 와 달라는 것이었다.

나와는 10년 넘게 미용재료를 거래했지만 그렇게 갈 줄은 정말 몰랐다. 하필 휴가를 남한산성으로 가다니 그것도 혼자서……

휴가 떠나기 전 나의 미용실에 와서는 며칠 걸릴 거라며 여유 있게 재료를 보충해 주었고 다른 날보다는 정중히 인사를 하고 떠나가던 뒷모습을 보았을 때 뭔가 잃어버린 듯한 느낌이 들어 불렀다. 그것은 내 마음으로 커피 한 잔을 꼭 대접하고 싶었는데 밀린 손님이 많아 여유가 없었고 재료 아저씨도 시간이 없어 더 이상 기다릴 수 없단다. 거래처마다 인사를 해야 한다며 성급히 나갔다.

그런데 그 뒷날 죽었다는 연락을 받다니 믿을 수 없었다. 그 남자는 딸 하나를 두고 열심히 살아가는 사람이었다. 그렇게 정성과 성의를 다 했었는데 영상사업단에서 가루가 되어 한 줌의 흙으로 돌아갔기에 날 부르는 소리로 들려왔다. 길가 코스모스 꽃들이 흔들릴 때마다 내 손을 잡아 달라고 애원하는 모습으로 보였다. 너무도 아쉬운 삶을 살다간 두 남자께 늦게나마 명복을 빌어본다.

어둠 속을 빠져 나왔다. 매화마을 창문마다 훤한 불빛을 보니 내 마음이 가라앉는다. 친구들과 모처럼 만났는데 좀 더 즐거운 표정이 살아나지 않아 좀 미안했다. 하지만 또 다시 만날 그 날을 위해 약속하고 타고 온 택시로 옛 고향으로 간다며 손 흔들어 주던 점숙이의 모습이 지금도 눈에 선하다.

전화할 때마다 언니처럼 건강해야 된다며 꿀에다 인삼을 잰 것을 인편으로 보내기도 했고 마른 멸치, 버섯, 고사리 등등 부쳐주던 그녀가 항상 고마웠다.

지금 생각하니 8년 전 연말 때 선물을 준비 못해 일년 동안 내 나름대로 써 왔던 일기장을 그녀에게 준 기억이 난다. 너무도 소중한 선물이라며 영원히 간직하겠다는 그녀의 말이었는데 오늘 물었더니 지금도 가끔씩 읽어본다며 되돌려 줄 수 없다고 잘라 말한다.

돈을 얼만큼 줘도 싫다며 팔지도 않을 거라던 그녀, 무엇보다도 소중하다는 친구가 더 소중하게 느껴졌다. 성남 신흥동, 어둠 속을 뚫고 내 마음에 들어와 편안했다. 팔각정 근처 친구집에 도착했으니 걱정 말고 잘 자라는 전화가 왔다.

내일 그녀에게 편지를 써야겠다. 고당 가는 길에 나에게는 이런 저런 생각으로 아찔했던 순간들을 말해 줘야겠다. 다음에 만나게 되면 천당 가는 길이 아닌 분당 매화마을 우리 집에서 정성껏 준비하여 대접하겠다고 말이다.

　그녀도 여름방학이 끝나면 한 동안 눈코 뜰 새 없이 바쁘겠지, 하숙집 아줌마니까. 다음에 만날 때는 살 좀 빼고 오라는 말도 잊지 말아야겠다. 하지만 인생은 멋지고 아름답다고 말하던 나였는데 누구나 죽은 자는 말이 없으니 살아온 만큼만 살아간다면 더 이상 무엇을 바라겠는가.

　인생은 고뇌 속에 살아가고 그 고뇌가 있기에 행복을 추구하며 살아가니 멋지고 아름답지 않는가.

　앞으로 남은 인생은 진실하고도 엄숙하게 살아가야 한다고 내 나름대로 생각하기 때문이다.

호박 할머니

찌는 듯한 여름날이다.

오늘은 일찍 출근을 했다. 미용실에 들어서니 밤새 뿜어 낸 열기로 가득 차 있었다. 창문을 활짝 열고 청소를 하는데 매화마을 2단지 공무원 아파트에 사는 할머니가 구슬땀을 흘리며 들어왔다. 미리 냉동실에 넣어 둔 얼음 수건으로 할머니 얼굴을 닦아주었다. 삼베 적삼 위로 젖어든 등마루도 꾹꾹 눌러 주었다.

"어매 어매 어쩌자고 이렇게 시원한 거여. 이제 좀 살 것 같구먼!" 하면서 거울 앞에 앉는다. 난 그 말에 할머니 앞가 슴도 수건으로 닦아주었다. 잠시 친정 어머니 생각을 했었 다. 갈색 피부에 늘어진 눈꺼풀, 나무 결처럼 굵게 잡힌 주 름살이 하회탈 같은 모습이다. 활짝 웃으면 넉넉한 인상이 할머니의 삶을 한눈에 볼 수 있었다. 나도 나이가 들면 저런 모습일 텐데 하면서 거울을 바라보았다. 할머니는 파마를 하겠단다. 짧게 컷트하여 꼬실꼬실하게 말아 달라 한다. 얼 른 말고 밭에 다녀오겠단다.

도촌동 응단마을에 작은 밭이 있어 철 따라 감자, 옥수수, 고추 등등 심어 가꾸는 재미가 짭짤하다며 건강 삼아 소일거리로 생각하며 살아간다고 하는 할머니. 겨우 파마를 다 말고 나니 시원하다며 시간은 신경 쓰지 말고 있으란다. 밭에 후딱 갔다 올랑께……. 늘어진 눈꺼풀을 치켜 뜨고 손수건을 목에 두른다. 할머니의 파란 바구니 속에는 호미 자루가 낡아 손때가 묻어 있었다. 애호박 따다 줄랑께 먹을쳐……. 먼저 번에 보고 온 놈이 있거든……. 나는 말만 들어도 고마웠다.

강렬한 햇살은 할머니의 어깻죽지에서 종일 미끄럼을 탈 모양이다. 다만 파마머리만 꼬실하다 못해 달팽이가 올라앉은 것처럼 나오겠지. 여름만 되면 할머니 스타일이 틀림없기 때문이다. 내실은 시원하다. 에어컨바람으로 온 종일 있다 보면 머리가 아프다.

창 틈으로 밖을 보면 탄천가에 아이들만 즐거워한다.

밤이면 가족 단위로 탄천에 앉아 열기를 식힌다. 삼겹살과 소주로 앞집 뒷집 모여 앉아 넉넉한 인정을 나누는 모습도 종종 눈에 띄었다.

두 시간쯤 되어서야 할머니가 땀방울을 손으로 훔치며 사람 잡을 날씨구먼 하는 게 아닌가. 바구니 안에는 애호박이 들어 있으리라 생각했던 나.

그러나 할머니는 호박잎만 내놓으며 이 거라도 먹을텨, 애호박은 누군가가 홀랑 따갔더라고 서운한 표정을 지으며 풋고추를 한 움큼 내놓는다. 머리는 생각대로 달팽이 놀이터인양 꼬실꼬실하게 잘 나왔기에 예쁘게 마무리해 주었다.

할머니는 호박잎을 껍질 벗겨 냉장고에 넣어 주면서 저녁에 쪄서 풋고추랑 먹으란다. 다음엔 꼭 따다 줄 테니 꿩대신

닭이라며 사뭇 서운해 한다.

노인의 마음이 호박보다 더 고마웠다.

그 후 노인정 할머니들이 왔길래 '호박 할머니는요?' 하자 어리둥절 하는 게 아닌가. 난 자초지종 말을 했더니 그제서야 웃으면서 우리도 호박 할머니라고 부를 거란다. 닷새 후 할머니가 호박을 가지고 왔다. 정말 고마웠다. 할머니 정성을 생각하니 호박 할머니라는 암호로 부르게 되었다. 할머니도 좋아하며 내가 밭고랑 다닐 때까지는 호박 할머니로 불러 달란다.

그렇게 강한 태양도 스러지고 어둠이 내리던 초저녁. 호박 부침개를 했다. 호박잎도 쪄서 아이들과 맛있게 먹었다. 할머니의 정성을 말해 주었다. 항상 감사하는 마음을 갖자고 덧붙여 말했다.

유년시절, 어머니가 해 주었던 그 맛을 잊을 수 없었는데 오늘 저녁 그 맛을 의미했다. 어머니는 호박잎으로 갈치 비늘을 닦아 내기도 하였고, 술빵을 찔 때도 바닥에 깔았던 기억이 난다. 지금도 그 때의 입맛이 다셔진다.

늦은 시간 정자나무 아래나 탄천가에서 들려오는 소리, 자동차의 불빛마저도 달구어지는 듯했지만 점점 꼬리를 감춘다. 어설픈 잠을 잤던지 첫 새벽에 일어났다. 검단산 자락에 솟아오르는 저 태양은 지칠 줄도 모르는가. 살갗을 벗겨 내고도 무엇이 남아 있길래 힘차게 떠오르는가?

오나가나 부채질, 벌겋게 달아오르는 고추 이야기가 떠올라 혼자 웃었다. 과붓집 고추밭은 고추가 풍년인데, 홀아비집 고추밭은 흉년이라 홀아비가 과부한테 이유를 물었더니, 밤마다 고추밭을 뛰어 다녔다는 것이다.

홀아비는 딸 셋과 살고 있어 과부 말대로 했더니, 오히려 풋고추마저 다 떨어져 흉년이 들었다는 이야기였다.

늘 여유만만하게 내리쬐던 햇살이 몸살을 앓더니만 소나기가 한 차례 퍼붓는다. 좀 시원하다. 여름 끝자락인가 마지막 열기를 식혀 준 소나기가 고마웠다.

일찌감치 퇴근을 하려는데 할머니께서 둥글납작한 늙은 호박을 머리에 이고 들어와 거울 앞에 내려놓으며 내 머리쪼까 잘라 보란다. 내일 사진을 찍어야 한다면서 부러쉬로 박박 정수리를 빗는다. 장백기가 간지럽다고 하는 할머니. 아주 어릴 때부터 많이 머리에 이고 다녀서 그런지 머리가 빠져 걱정을 한다.

정수리 부분을 메꾸어 달라는 부탁도 잊지 않는다. 커트를 한 후 고데를 했다. 그래도 희끗희끗 두피가 보인다.

누군가한테 들은 말이 떠올랐다. 사진 찍기 전에 검정 매직으로 그림을 그리면 사진으로는 젊어 보인다는 것이다.

호박 할머니한테 말했더니 꺼문 매직 매직 하면서 호탕하게 웃는다. 탄천 건너가다 잊어버리면 어쩌지 하면서 잰 걸음으로 나가는 할머니의 뒷모습, 달빛을 이고 가는 것처럼 보인다. 다음에 오면 사진을 보여 달라고 해야겠다.

아침, 저녁으로 제법 쌀쌀하다. 계절의 마디에서는 어쩔 수 없나 보다. 하얀 겨울이 오면 호박죽을 끓여야겠다.

호박 할머니의 정성처럼 깊은 사랑으로 심어준 지혜를 배우며 살아가야지.

오늘 저녁 노을이 아름답더니 달빛도 휘영청 밝다.

일상을 가슴에 묻고 잠자리에 들어야겠다. 오늘 밤 호박 꿈을 꾸지나 않을까라는 생각이 든다.

환상 그리고 환생

뜨물 같은 안개를 실컷 들여 마신 아침이다.

아침이면 누구나 바쁘지만 오늘 따라 내 마음만 급하다.

은행동에 살다가 용인으로 이사 간 친구 경미네 집들이 가기로 한 날이기 때문이다. 모임 친구들과 10시 모란 리켑에서 만나기로 했다. 허둥지둥 집안을 치우는데 전화벨이 울린다. 구리에서 안개 속을 헤치고 통통한 선녀가 달려간다라는 목소리가 생기 있게 들렸다. 난 어설픈 화장을 하고 국수가닥 불어터진 것처럼 물기가 흐르는 긴 머리를 틀어 올리고 분홍색 원피스를 입고 리켑으로 갔더니 모두들 와 있었다. 늦게 온 죄로 커피 값을 내라며 순애의 애교작전에 뿌리칠 수 없어 지불을 하고 그 곳에서 나왔다.

어느새 안개는 걷히고 투명한 햇살로 보아 뜨거운 하루가 될 것 같다.

팥알 씻어 놓은 듯한 중년남자가 우리들에게 이종혁이라며 인사를 한다.

그 남자는 자영이 동창이란다. 모임에는 빠질 수 없고 동창은 오랜만에 만났기에 님도 보고 뽕도 따야지, 어쩔 수 없다는 자영이의 말이다. 순애와 종혁이 승용차에 나누어 타고 룰루랄라 달리다 보니 어느새 경미네 집을 찾아갔다. 반갑게 맞아 주는 그녀 친정 언니처럼 느껴졌다. 멀리서 온다는 우리들을 위해 첫 새벽부터 녹즙을 짜내며 마련한 삼계탕을 내 놓는다.

모두 맛있게 먹고 나서 모임기금을 내놓으며 순애가 한마디 곁들인다. 살림에 보태기보다 사랑을 위해 써야지 건강한 가정이 이룩될 거란다. 옆에 있던 자영이 친구 종혁이가 말없이 웃는다. 낯선 이곳에 와 보니 친구들이 더 보고 싶어지더란다. 그래서 그런지 경미가 우리를 따라 천진암에 가자고 순애를 조른다.

우리는 경미의 말을 따라 그 곳을 가기로 했지만 천진암에 가기 전 "오매불망"이라는 찻집이 눈에 들어와 모두 그 곳으로 들어갔다. 꿈에도 못 잊는다는 오매불망 분위기가 수다스런 우리의 마음을 가라앉힌다. 창가 쪽으로 다가가 원탁 앞에 초승달처럼 앉았다. 개울물이 흐르고 창문에는 밤나무 잎이 우리를 반기는 듯 미풍에 살랑거린다. 테이블 위에는 무지개 빛 촛불이 춤을 추고 불꽃도 피어 있었다. 경미가 이런 곳에 살고 싶다면서 추억의 앨범을 마음으로부터 펼쳐 놓는다.

지난 일은 무효야, 이제부터 시작해도 늦지 않을 거라는 종혁이 말을 듣고 있자니 여자의 일생이라는 노래가 귓전에서 맴돈다며 눈물을 글썽거리는 경미. 철부지였을 때 종갓집 맏며느리로 시집와서 고생을 많이 했지만 지금은 너무 편하게 살고 있다면서 군에 간 아들 생각이 난단다.

창가에 서성이던 햇살이 꼬리를 감추더니 서늘한 바람이

불어온다. 땅거미 질 무렵, 모두 호들갑을 떨며 그 곳에서 나와 남한산성 자락을 굽이굽이 넘어왔지만 9시가 넘었다. 모두 모란에서 헤어졌다. 경미는 모란 친척집에 간다고 내렸다. 종혁이가 나를 마을까지 데려다 준다기에 염치없지만 늦은 시간이라 그럴 수밖에 없었다. 모란사거리 차량들이 연꼬리처럼 밀리고 있었다. 서로가 먼저 가겠다고 끼어든다. 그때 시간은 9시 30분쯤 되었을 것이다. 갑자기 내가 타고 있던 차가 흔들리더니 도로 중앙 화단에 강하게 부딪쳤음을 알았다. 그 순간 머리가 몽롱해지면서 정신을 잃고 말았다.

"애야! 이게 웬일이냐, 어서 일어나라. 다리가 아프겠구나. 애비가 주물러 주마."

아버지는 눈물을 흘리며 내 다리를 꾹꾹 주무르고 내 얼굴을 만지면서 힘들어도 참고 살아야 하느니라. 이곳은 편안한 곳이지만 너는 할 일이 많으니 어서 돌아가라. 애비가 지켜줄 테니 뒤돌아 보지 말고 가거라. 산다는 것은 행복이라면서 안아주더니 이제는 오지 말라면서 어디론가 급하게 가는 아버지……

화창한 봄날 집도 절도 없는 금잔디 벌판에서 아버지와 난 그렇게 이별을 하고 돌아왔다.

희미하게 들려오는 철커덕 소리와 함께 내 이름을 야멸차게 부르며 내 다리를 잡아당긴다. 내 볼을 때리는 느낌이 들어 눈을 떴다. 정신이 든다 아버지를 부르며 손을 허공에 저어 보았지만 몸을 움직일 수 없었다. 그럼 조금 전 일은 꿈이었다고 생각했다. 나는 왼쪽으로는 모두 쓸 수 없었다. 종혁이가 내 앞에 왔다 갔다 한다. 두뇌를 다쳐 좀 이상이 있어 그런다는 간호원의 말이다.

성남병원 응급실, 그 시간은 3시였다. 깊은 잠을 자고 난 듯한 느낌이었는데 순간 집 생각이 났다. 집에 가겠다고 간호원한테 말하자 5시간만에 깨어났다며 절대 안 된단다. 그럼 맑은 영혼으로 날 지켜준 아버지 때문에 살아난 것일까? 분주하게 오고 가는 사람들. 깁스를 한 내 다리를 끌고 조사를 받았다. 어둠이 무겁게 가라앉은 첫새벽 하늘을 보니 잔별들은 더 빛나고 있어서 그런지 오매불망 생각이 났다. 꿈 속에서 아버지를 만났으니 살아났다고 생각했고 교통사고를 당했을 때 구두가 벗겨지지 않으면 구사일생으로 살아난다는 말을 간호원한테 들었다. 그런데 내 빨간 구두가 신겨져 있더란다.

하지만 집에 가야겠다고 떼를 쓰자 전화만 하란다. 간호사의 부축을 받고 공중전화로 걸었다. 남편이었다. 어디냐고 다그쳐 묻는다. 집에 가서 말하겠다며 전화를 끊었다. 걱정이 되어 한잠도 못 자고 기다려 준 남편이 고마웠다. 외출증을 끊어 택시를 타고 집 앞에 가자 남편이 기다리고 있었다. 서쪽 하늘가에는 초승달이 기울고 내 모습도 기울어 있음을 알았는지 아무 말도 묻지 않는 남편, 나는 죄인 아닌 죄인이었다.

아침은 남편이 했다. 세 아이 등교시키고 회사로 가는 뒷모습을 보고 있자니 내 자신이 답답했다. 남편이 점심시간에 나와 병원에 데려다 주었다. 담당의사가 입원을 하란다. 하지만 통근 치료를 하겠다고 떼를 썼다.

남편도 입원을 하라고 했지만 내 자신이 허락지 않았다. 옆에 있던 남편이 버럭 화를 낸다. 내일부터는 알아서 통근 치료를 하라면서 서둘러 병원을 빠져 나와 집으로 데려다 주고는 꼼짝달싹 말고 누워 있어, 여자가 짤짤거리고 다니

니까 그 모양이지. 건강해도 시원치 않을 세 아이 엄마가 돼
가지고 그 꼴이 뭐야! 하기사 이제는 성질이 느긋해지겠군
하면서 현관문 잠그는 소리가 다른 날보다 강하게 들렸다.
남편의 늦은 듯이 뛰어가는 발자국 소리가 활기찬 일상을
보내는 표시로 남편에게 새삼 고마움을 다시 느꼈다.

　5개월 후 종혁이 두뇌는 완쾌되었단다. 하지만 승용차는
폐차되었다는 것이다. 난 전혀 몰랐었다. 환상적인 외출을
하던 날 환생을 한 나에게 뭐라고 말할 수 없었단다. 직장도
못 나가고 집안 일도 성격으로 보아 메말라 가고 있음을 짐
작했다면서 뒤늦게 전해 준 자영이의 소식에 난 그만 밤송
이 같은 가시가 온 몸에 소름으로 끼친다. 내 정신마저 오그
라드는 느낌이었다.

　지금도 모란을 지닐 때마다 몸서리 쳐진다.

　오, 오, 오매불망……!!!

황미희의 작품세계

― 삶을 의미하는 만남

김 건 중

(소설가 · 국제 PEN 한국본부 이사)

글을 쓴다고 하는 것은, 그것도 수필을 쓴다고 하는 것은 자신을 활짝 열고 그 모든 것을 내 보이는 행위가 아닐 수 없다. 그렇기 때문에 가끔씩 위선적인, 바꿔 말해 글을 위한 글을 쓰는 경우를 종종 보아왔다. 그래서 글을 쓴 작가와 글 속에 나타난 중심사상이 너무도 이반되는 것을 발견했을 때 우리는 실망감을 느끼는 것이다.

그래서 글 특히, 수필은 작가의 사상과 의식이 작가의 행동이나 생활과 일치감을 주어야 한다고 생각한다.

황미희 수필가의 작품은 그런 점에서 볼 때 그런 위선적인 요소나 자신을 미화시키기 위한 글을 쓴다고 생각하지 않는다. 고기가 물을 만난 듯이 기쁘게 그는 수필이라는 그릇 속에 자신이 살아 왔고 살아가는 삶의 이야기를 진솔하게 녹여 넣고, 또한 그런 창작행위를 통해 자신을 성찰하고 있는 것이다. 그러나 단순히 그런 것만이 그의 전부가 아니다. 그는 자신은 물론이지만 주변 사람들에 대해서도 따뜻한 애정의 눈길로 감싸고 있다는 점과 특히 성장시절의 추억과 그 속에서 응어리로 남아 있던 한을 잘 승화시켜 현재의 삶을 풍요롭게 이끌고 있다는 점은 창작행위를 통해 얻은 큰 수확이 아닐 수 없다. 그리고 세 아이의 어머니로서 한 가정의 주부로서 직업을 가진 여성으로서 여러 몫을 손색없이 해내면서도 수필가로서 창작을 게을리 하지 않는 점만 보아도 그가 얼마나 열심히 살고 있는가를 알 수 있다.

그의 작품은 몇 가지 점에 주목할 만한 구석이 있다. 우선은 앞서 말한 글을 위한 글을 쓰는 것이 아니고, 자신을 성찰하려는 목적으로 창작행위를 지속한다는 것이다. 다음은 신선한 느낌을 주는 생동감 있는 글의 내용이다. 진부한 내용으로 일관된 그 게 그 소리 같은 글이 아니라는 것은 그의 수필이 그만큼 신선한 야채나 푸성귀처럼 젊다는 것이고, 그것은 독자에게 신선한 충격을 줄 수 있다는 것을 의미하는 것이다. 그 외에도 순수 우리 말을 쓰려는 의도는 어찌 보면 작위적일 수도 있겠지만 잃어 가는 우리 말을 사랑하는 수필가라고 생각하기에 충분한 것이다.

이번에 발간되는 수필집 속의 작품을 소재별로 구분해 보면 크게 세 가지로 나눌 수 있다.

〈호두나무 집Ⅰ, Ⅱ〉, 〈어머니와 감나무〉 등은 친정집 이나 성장시절의 추억을 소재로 하여 부모에 대한 애정을 그린 것이고, 〈아버지의 눈물〉, 〈장화 신던 날〉, 〈상처난 세면대〉 등은 떨어져 있는 남편에 대한 그리움과 애증을 소재로 했으며, 〈빈 도시락과 진달래 꽃〉, 〈가을 하늘을 바라보며〉 등은 세 아이들, 특히 막둥이 성길이를 중심으로 그 아이들에 대한 사랑을 그린 작품이다. 그외 〈전화 한 통〉, 〈갈색 엽서〉 등은 추억을 소재로 하여 아름답게 승화시킨 작품들이다.

나머지 〈계백이 할머니〉, 〈희망의 문〉 등은 노인들에 대한 사랑을 그렸고 〈교양 한 수저〉 등은 우정에 관한 주변 이야기들이다. 그러나 무엇보다도 그의 수필 속에서 놓치지 말아야 할 부분이 있다. 그것은 그의 작품 전체에는 불교적 사상이 바탕에 깔려 토양이 되어 있다는 사실이다.

황미희 수필가의 작품 속에서 묻어나는 이런 바탕의식은 단순히 글에서만이 아니고, 그의 삶이나 인생을 관조하는 자체도 그러하기 때문에 그런 점을 이해하고 그의 작품을 읽으면 쉽게 작품이 내재하고 있는 의미를 터득하리라 믿는다.

그의 작품이 그러하듯 그는 늘 웃기를 좋아한다. 일면 가볍게 비칠 수도 있겠지만, 그것은 그가 긍정적 사고 방식으로 살아가고 있고, 그 바탕에서 일상을 기쁨과 설레임으로 받아들이며 살아가고 있기 때문이다. 이것이 바로 그가 밝고 신선한 글을 쓰는 원동력이 되고 있다고 생각한다. 하지만 그의 밝은 일상 뒷면에 도사리고 있는 어두운 그림자와 그늘진 가슴의 서늘한 응어리, 연하디 연한 여성 특유의 감성은 작품 구석 구석에서 읽는 이의 가슴에 감동으로 전달될 뿐이지 정녕 깊이를 헤아릴 수는 없는 노릇이다.

물론, 황미희 수필가의 작품이 지나친 미사여구나 심한 동사의 변형으로 인해 가끔 문맥이 껄끄러운 느낌으로 전달되기도 하지만 그것은 넘치는 자신의 감성을 미처 주체하지 못한 데다 진솔하게 쓰려는 의도와 좋은 작품을 써야 한다는 작가적 고민에 맞물린 강박관념에서 비롯된 성 싶다.

어쨌거나 남이 지니기 힘든 황미희 수필가만이 지닌 앞서 말한 좋은 장점을 살리고 끊임없이 정진한다면 반드시 이 땅의 수필문학에 큰 획을 그을 수 있다고 믿고 싶다. 그러나 그것은 지금까지 살아온 날들과 힘겹게 습작했던 고통보다 더한 그 모든 것을 이겨냈을 때 가능하다고 생각한다.

　이제 새롭게 만나는 황미희 수필가의 이 수필집은 분명 신선한 느낌이 아닐 수 없고, 이 또한 사람이 살아가는 삶을 의미하는 한 부분과의 만남이라고 말하고 싶다.

황미희 수필집

그림자는 없어도

지은이 / 황미희
펴낸이 / 김재엽
펴낸곳 / 한누리미디어

100-192, 서울 중구 을지로 2가 148-73
신화빌딩 401호
전화/(02) 2268-4514, 2278-4513
팩스/(02) 2268-4524

초판발행일 /2000년 8월 10일
2쇄발행일 /2000년 9월 30일

ⓒ 2000년 황미희 Printed in KOREA

값 6,000 원

ISBN 89-7969-158-0 03810